講談社文庫

# 右近の鯔《いな》背《せ》銀杏《いちょう》

双子同心捕物競い（二）

早見 俊



講談社

目次

# 右近の鯔背《いなせ》銀杏《いちょう》　双子同心捕物競い（二）

# 第一章　柿の木の思い出

## 一

弘化《こうか》二年（一八四五年）の神無月《かんなづき》十日、どこまでも澄み渡った青空の下、景山右近《かげやまうこん》は八丁堀《はっちょうぼり》にある里見左京《さとみさきょう》の屋敷を訪れた。歳の頃、二十代半ばの苦《にが》み走ったいい男だ。右近は南町奉行所、左京は北町奉行所に籍を置く町方の同心である。しかもこの二人、双子の兄弟ときている。

古来より、武家や公家は双子を嫌うという風習がある。父正一郎《しょういちろう》はそのせいかどうかはわからないが、幼い頃より左京を可愛がり右近を嫌った。品行方正で父を同心の鑑《かがみ》と慕う左京に対し、右近は何かと反発していたことも、それを増長させた。

反発心が募り、十年前の正月、酒に酔った正一郎と激しく言い争い、勘当を申し渡された。母静江《しずえ》が間に入ってくれたが、正一郎は酒の酔いと振り上げた拳《こぶし》のやり場に困り、右近を許すことはなかった。

右近は里見家を出た。十五歳の春だった。それから両国広小路《りょうごくひろこうじ》に流れて無頼《ぶらい》の徒《と》に身を投じた。父と兄への反発心から我流ではあるが武芸の鍛錬をしてきた右近だ。腕っ節がものをいう盛り場で喧嘩を繰り返し、たちまちにして地回りを束ねるまでになった。

以来、今日まで十年の歳月が流れた。

そんな右近だったが、今年の葉月《はづき》、ひょんなことから南町奉行所の同心景山柿右衛門《かきえもん》の養子となり、景山右近として左京と同じ十手《じって》を持つ身となった。

右近は里見屋敷の木戸門に立った。浅葱《あさぎ》色に縞柄《しまがら》の小袖を着流し、黒紋付を重ねている。黒紋付は巻き羽織と呼ばれるように、裾を内側に捲《まく》り上げて端を帯に挟むといった八丁堀同心特有の身形《みなり》だ。但し、髷《まげ》は八丁堀同心に見られる小銀杏《こいちょう》ではなく、それよりは幅広の武者髷に結っていた。

感無量である。なにせ、十年ぶりのことだ。左手に実が熟した柿の木が見える。幼い頃、父正一郎に折檻《せっかん》され、あの幹に縛り付けられたものだ。

こうして改めて眺めてみると、柿の木の小ささにいささかの驚きを覚える。八丁堀同心の組屋敷自体がそんなに広いものではないのだから、自分の幼さと父への恐怖心が柿の木を実物以上の大きさに思わせたに違いない。

右近は幼い頃の思い出を蘇《よみがえ》らせながら柿の木に一瞥《いちべつ》を与え、木戸門を潜《くぐ》って母屋の格子戸の前に立った。

「失礼致します」

放つ声は僅かに上ずっている。訪れるのも十年ぶりなら、再会する母静江も十年の間顔を見ていない。いくら豪放磊落《ごうほうらいらく》、おおよそ物怖《ものお》じなどすることがない右近といえど緊張するのも無理からぬことだ。

格子戸を開ける。

静江が立っていた。

楚々《そそ》としたたたずまいは十年の時を経ても変わってはいないものの、目尻の皺《しわ》が濃くなっている。丸髷に結った髪にはちらほらと白いものが目に付いた。

「母上、長の無沙汰、お詫び申し上げます」

右近は丁寧に頭を下げた。

「しばらくですね」

静江は微笑《ほほえ》んでくれた。右近を抱きしめてくれるような優しい笑みである。正一郎から叱責《しっせき》を受けるたび、そして、里見の家を出て行こうとした時、自分を庇《かば》ってくれた、その優しい母のままである。胸がじんわりと温《ぬく》もった。

「さあ、早く上がりなさい」

静江に言われ、右近は戸口に立ったままだと気がついた。静江が先に立ち、廊下を奥に向かって歩いて行く。足袋《たび》を通して伝わる廊下の感触が里見家にいた頃を思い出させる。

「こちらです」

静江は仏間の襖《ふすま》を開けた。塵《ちり》一つ落ちていない六畳間に黒檀《こくたん》の仏壇が据えられ、灯明が灯されていた。右近は無言で仏壇の前に座った。

正一郎の位牌《いはい》に目をやる。

自然と思い出が脳裏を駆け巡る。思い出の中にある正一郎に笑顔はない。ひたすらに厳格な父であった。叱責されたことしか思い出せない。父は自分を嫌い、右近も父を憎んだ。その結果、右近は家を飛び出すことになった。

二度と家には戻らないと誓った。十年の月日が流れ、正一郎はこの世にはなく、自分は無頼の徒から、何の因果か父や兄と同じ八丁堀同心になっている。運命の皮肉か、それとも義父景山柿右衛門の言うように、そう宿命づけられていたのか。

右近は数珠《じゅず》を取り出し両手を合わせ瞑目《めいもく》した。

――父上、お久しぶりです。わたしは、南町奉行所で定町廻り同心を勤めております――

そう語りかけた。もちろん、返事があるわけはない。正一郎が生きていれば、どんなことを言うだろう。

「おまえなんぞに八丁堀同心の御用が務まるか」

そう、頭ごなしに叱責を加えるだろうか。あるいは鼻で笑って蔑《さげす》むか。いずれにしても否定的な言葉しかかけてくれないに違いない。

位牌になった父にさえ、受け入れてもらえないような気になる。

目を開けて静江に向き、懐中から金子《きんす》の入った紙包みを取り出した。

「お心遣い痛み入ります」

静江は笑顔で受け取った。それから、

「ご立派になりましたね」

静江の言葉はぐっときた。今は八丁堀同心をしているが、ちょっと前までは無頼の徒であったのだ。当然、静江はそのことを知っている。知っていて、右近の全てを受け入れてくれたのだ。

「いや、立派などではございません」

「よくぞ、ここまで頑張ったものだとお父上も草葉の陰で喜んでおられますよ」

「そうでしょうか。おまえなんぞに御用が務まるものかと腹を立てておられるのではないですか」

「そんなことはないと思いますよ。お父上はお父上で右近殿のことを案じておられました」

自分を気遣ってくれているというありがたみは湧いたが、かといってその言葉を鵜《う》呑《の》みにして正一郎が自分の身を案じていたとは受け入れがたい。それほどに右近の正一郎に対する心は凍り付いていた。十年ぶりに里見家に帰って来たのも、父の仏前に線香を手向《たむ》けるというのは名目で、本当のところは静江との再会を願ってのことだ。

「母上、長らくの暇《いとま》、まことに失礼致しました」

右近は改めて両手をついた。

「そのような気遣いはよいのです」

「気遣いではございません。まことと申し訳なく思っております」

「わたしは、右近殿を守ることができなかったのです。母親失格です」

静江は悔《く》いるように目を伏せると睫毛《まつげ》が微妙に揺れた。

「決してそのようなことは……」

右近は声を詰まらせた。母の心を知り、こみ上げてくるものがある。目頭が熱くなったところで顔をそむけた。静江ははっとしたように、

「あら、まだ、お茶も出しておりませんでしたね。ちょっと待っていてくださいね」

静江は仏間を出た。

ふと、仏壇を振り返る。正一郎はどんな顔をしているのだろう。なんだか、正一郎と二人きりで部屋に残されたようで落ち着かず、もぞもぞと尻を動かしてしまった。どうにも居たたまれなくなり、腰を上げ仏間を出ると縁側に佇《たたず》んだ。

西に大きく傾いた日輪が陽だまりを形作っている。座るといい具合に温まっていて心地良いが、吹く風は肌寒く冬の訪れを実感させた。庭は掃除が行き届いていたが、それでも枯葉が其処此処《そこここ》に見られた。

「懐かしいですか」

静江が茶を運んで来て横に座った。

「ええ、まあ、あ、いや、それほどには」

右近は否定したが、

「あの柿の木、覚えていますか」

静江は柿の木を指差した。

「さて、どんなことでしたか」

木戸門に立った時にはっきりと覚えていたことは、口には出さなかった。

「右近殿が八つの時でした。お父上の大事な植木鉢を割ってしまったのです。それで、お父上はあなたに謝るよう求めたのですよ。ところが、右近殿は頑《がん》として謝りませんでした」

「そのようなことが……」

すっかり忘れている。ただ、柿の木に朝まで縛られていたことしか覚えていなかった。

「わたしは、どうしてそのようなことをしたのでしょう」

「覚えていないのですか」

「父上に柿の木に縛られたことは覚えております。ですが、どうしてそのような折檻を受けたのかは失念いたしました」

「では、どうしてお父上の植木鉢を割ったのかも覚えていないのですね」

「はい」

「そうですか」

静江はくすりと笑った。

「どうしてわたしは植木鉢を割ったのでしょうか」

「わたしも知りません。わたしは右近殿に尋ねようと思ったのですよ」

「そうなのですか」

「そうですよ」

二人はどちらからともなく顔を見合わせると声を上げて笑った。ひとしきり笑ってから、

「きっと、些細《ささい》なことであったと思います。父上への反発心でしょう。なにせ、父上には叱られてばかり、叱責を受けない日の方が珍しかったのですから」

静江は懐かしげに柿の木に目をやった。右近は恥ずかしさが募った。

「では、わたしはこれで失礼致します」

「あら、いらしたばかりではありませんか」

「わたしは今や里見家とは関わりのない者、長居は無用です」

「そんなことおっしゃらないでください。間もなく左京殿も戻ります。夕餉《ゆうげ》の支度も調《とと》えてあります。久しぶりに来たのですから、ゆっくりしていってください」

静江の好意を受け入れたい。しかし、左京と顔を合わせるのには抵抗がある。以前ほどの反発心はないものの、面と向かって語らうというのは気が引ける。

「いや」

腰を上げたところで、

「ただ今、戻りました」

右近と瓜二つの男が木戸門を入って来た。

二

兄の里見左京だ。

左京は黒紋付の裾の端を帯に挟むという八丁堀同心特有の巻き羽織の身拵《みごしら》えには寸分の隙《すき》もなく、小銀杏に結った髷は冬日に艶《つや》めいていた。

「お邪魔しております」

右近は挨拶をした。左京は背筋をぴんと伸ばして難しい顔をしていたが、目元をやや緩め庭に廻って来た。背後に男を一人従えている。歳の頃は五十くらい。縞柄の着物を尻はしょりにして羽織を重ね、紺《こん》の股引《ももひき》を穿《は》いている。五尺（約百五十二センチメートル）そこその小柄ながら目つきは鋭く、全身から強い気を漂わせていた。正一郎の代から仕えている岡っ引の文蔵《ぶんぞう》だ。

「右近殿が父上のご位牌に線香を上げてくれたのですよ」

静江はにこやかに言う。

「そうですか」

左京は面白くもなさそうな顔で文蔵を従え、縁側に上がった。

「兄弟が揃ったところで夕餉にしましょう」

静江は言い、台所に向かった。

右近は左京に何か話しかけようと思ったが言葉が出てこない。それは左京とて同じと見え困ったような顔で黙りこくった。

空気が沈滞したことに文蔵は気を遣ったのか、

「右近さま、お懐かしいでしょう」

右近は文蔵に向き、

「まあな」

「何年ぶりになりやすかね」

「十年だな」

「一昔《ひとむかし》ですね」

文蔵はそう言って口をつぐんだ。すると、再び沈黙が訪れる。何か話そうと思うが思い浮かばない。ようやくのことで右近の口から出た言葉は、

「厠《かわや》はどちらでしたかな」

これには左京が戸惑い気味に、

「むこうだ」

と、ぼそっと返した。

右近は居間から縁側に出た。重苦しい空気から逃れられてほっとした気持ちで厠へ向かう。

居間に残った左京に文蔵が、

「左京さま、なんだか気詰まりのご様子ですね」

「そんなことはない」

左京は腕組みをした。文蔵は上目遣いに左京を見る。右近と左京の間柄に気を揉んでいるようだ。右近が里見家にいた頃もそうだった。何かと反発し合う二人の間を取り持とうと努めていた。

もっとも、右近からすれば常に左京の立場に立っての仲裁だったのだが……。

「右近さまもよいところがあるではございませんか。こうして、お父上のご仏前に参られたのですからね」

「気紛《きまぐ》れであろう」

左京はぽつりと答える。

「また、そのようなことを」

「あいつが本気で父上の仏前に線香を手向《たむ》けにまいったとは思えぬ」

「ずいぶん手厳しいですね」

「本当のことだ」

「でも、正一郎さまは喜んでおられると思いますよ」

「そうかな」

左京は横を向いた。

そこへ、右近が戻り静江も夕餉を並べ始めた。

「さあ、文蔵も遠慮しないで一緒に食べなさい」

文蔵は夕餉の膳《ぜん》を調えるのをせっせと手伝った。右近も手伝おうと腰を上げたが、

「座ってなさい。あなたは客人なのですから」

静江に言われ右近は浮かした腰を落ち着けた。左京はというと横を向いたままだ。

「さあ、どうぞ」

御馳走が並んだ。松茸のいい香りがする。松茸は土瓶蒸しと茶碗蒸しに料理され、他に煮しめや里芋の煮物、玉子焼きがあった。静江は、

「里芋の煮っころがしです。右近殿、好物でしたね」

「ああ、はい」

そういわれては食べないわけにはいかない。

「いただきます」

右近は箸の先を里芋に刺そうとしたが、それははしたないと思い直し、箸先で挟むと口に持って行く。熱々の里芋は舌の上で転がりほくほくと崩れ、甘辛い味が口中一杯に広がった。

母の味だ。

途端に目頭が熱くなり、あわてて、「あちち」と面を伏せる。こぼれそうになった涙をこらえ、

「美味《おい》しゅうございます」

本音からそう言った。

「それはよろしゅうございました」

静江も笑顔で応じた。

「このお酒は右近殿のお土産《みやげ》なのですよ」

するとと文蔵が、

「これはいけますね。上方《かみがた》からの下《くだ》り酒《ざけ》ですかい」

「伏見の酒だ」

「そら、いけるはずだ」

文蔵は左京に酌をした。左京は難しい顔のまま猪口《ちょこ》で受ける。

「では、わたくしも」

静江も猪口を差し出す。

「母上」

左京は難色を示したが、

「かまいませんよね」

静江に言われ右近が、

「土産に持ってまいったのですから」

右近もうなずいた。

「さあ、左京殿」

静江に勧められ左京も渋々酒を飲む。文蔵が話題を変えるように、

「やはり、お血筋なのでございますかね。右近さまもご立派な八丁堀同心にお成りになったものですよ」

それを静江が引き取り、

「右近殿もご立派になられましたね」

と、左京に視線を向ける。

左京は杯を口に運び返事をしなかった。

「まだ、駆け出しですよ。兄上には到底及ぶべくもありません」

右近は左京を気遣った。ところが、左京はぶっきらぼうに、

「わたしのことなど誉《ほ》めなくていい」

「あら、いいじゃありませんか」

静江が言う。

文蔵も、

「右近さまも町方の御用をお勤めになられて、お父上や左京さまのご苦労がおわかりになったのですよ。ねえ」

「それはそう思います。ですから、父上のご仏前に線香を手向けたいという気になっ

たのです」

するとと左京は興味深そうな目で右近を見た。

「嘘ではありませんよ」

右近は左京に言う。左京は目元を緩ませた。右近は銚子《ちょうし》を左京に向ける。左京は一瞬躊躇《ためら》った後、杯を差し出した。それに右近は注いだ。左京はくいっと飲み干し、今度は銚子を右近に向けた。右近は無言でそれを飲んだ。

静江はうれしそうな顔で、

「右近殿、これからも遠慮なく遊びにいらしてくださいね」

「ええ、まあ」

「遠慮はいりませんよ」

静江は了解を求めるように左京に向いた。左京は黙ったままだが否定はしなかった。静江はそれを了解と受け止め、

「お独りなのでしょ」

「ええ、あいにくと」

「でしたら、食事には不自由をしているでしょう」

「通いでやって来る下男《げなん》がおりますので、その者に任せております。まあ、美味《うま》くは

ありませんが、腹を満たすには十分です」

右近は苦笑を浮かべる。

「早く、お嫁を貰《もら》わねばなりませんね」

「まだ、半人前ですからね。それに、嫁取りならばわたしより兄上が先と存じます」

右近は多少の酒が入ったため口調が軽くなった。

「わたしはまだ未熟者です」

左京は軽く首を横に振った。

「何を申されますか。北町きっての辣腕《らつわん》同心が。早く、嫁を貰った方がいいですよ」

右近に言われ左京が苦笑いを浮かべたのを、

「そうですよ。わたしもそう言っているのです」

「いやあ、ですから」

左京は苦笑交じりだ。

「兄上ならば、縁談の話は星の数ほどあるでしょう」

「それが、左京殿はなかなか受けようとはしないのですよ」

「どうしてです」

「自分が未熟だとか申しましてね」

静江は責めるような目で左京を見た。左京は、

「まあ、その話は」

と、打ち切りたいような態度である。

しかし、静江は容赦なく、

「わたしはいっそのこと町方の娘を貰ってはと思っているのです」

「ほう、町娘ですか」

右近も興味をそそられた。左京は、

「母上、何を申されるのです」

と、手を横に振った。しかし興に乗った静江を黙らせることは無理なようで、

「左京殿はとにかく生まじめ。融通が利かないことこの上ありません。ですから、町娘を嫁に貰った方が、人としての物の見方も広がって町方の御用にとっても役に立つと思うのですよ」

「それはいいかもしれませんよ」

右近も同意した。

「そうだ。右近殿は町方の暮らしが長いのですから、左京に似合いの娘をご存じないですか」

左京は気色《けしき》ばみ、

「母上、もうその辺にしてください」

「あら、いいではありませんか」

「不愉快です」

「そうやって向きになるところがよくないのです。酒の席の話ですよ」

「不真面目ですよ。どうしたのですか母上。右近がやって来て調子が狂ってしまったのではございませんか」

左京の剣幕に静江は眉をひそめた。

三

右近は左京の怒りの矛先《ほこさき》をそらせようと両手を打ち、

「そうだ。丁度いい娘がいますよ。両国西広小路の矢場の娘です。器量はいいし、気立てもいい。なにより、気転の利く賢い女です」

「いい娘ではないですか」

静江は顔を輝かせた。

「馬鹿なことを申すな」

左京の口調が変わった。明らかに動揺している。こうなるとからかってやりたくなる。

「お由紀《ゆき》といいます。矢場の娘ですが、兄上もお由紀を気に入ったようですよ」

「そうなのですか」

静江はにっこり微笑んで左京を見る。左京は忙《せわ》しく手を振り、

「いい加減なことを申すな。わたしは、そんな娘など知らん」

「おかしいな。両国西広小路で兄上とお由紀が親しげに語らっているのを見かけたんだがな」

右近はからかうような口調になった。

「嘘をつくな」

「嘘はついてませんよ。確か兄上は聞き込みをなさっておられましたな」

「あれは、だから、聞き込みを行ったのだ。特別な気持ちなどあるはずがない」

「そうですかね。それにしては、お由紀の名前が出た途端に顔がやたらと赤らみましたよ」

左京は自分の頬《ほお》を撫《な》で、

「酒だ。酒で火照《ほて》っておるだけだ」

「ご自分の気持ちに正直になられよ」

「うるさい！」

左京は声を上げた。目が血走り、顔が蒼《あお》ざめている。

「そう、お怒りめさるな」

右近は宥《なだ》めにかかったが、左京の感情は抑制が利かなくなっていた。

「貴様、よくも愚弄《ぐろう》しおって」

全身がぶるぶると震える。

文蔵が腰を浮かし、

「まあ、左京さま、落ち着きなすって」

しかし、これは左京の怒りに油を注ぐ結果を招いてしまった。

「うるさい。この馬鹿がわたしを愚弄したのだ」

「愚弄などと、とんでもないことですよ」

右近は精一杯の柔らかな声音と表情を作った。

「おまえは、はなっからわたしを馬鹿にするためにやって来たのであろう。父上の仏前に線香を手向けることを名目に」

左京の責めに右近は眉をひそめる。

静江が、

「左京殿、それは言い過ぎですよ」

左京の怒りは静江にも向けられ、

「母上はこの出来損ないに味方するのですか」

「落ち着きなさい」

「いいえ、落ち着いていられません。母上は昔からそうだった。悪戯《いたずら》ばかりをして父上の叱責を受ける右近のことを決まって庇っていた。今晩は一緒になってわけのわからない町娘をわたしに押し付けようとする」

左京の目は据《す》わっていた。

「何を申すのですか。あまりに失礼ですよ」

「いいえ、そんなことはありません」

文蔵は思わぬ成り行きにそわそわとし始めた。右近が、

「まあ、兄上。悪いのはわたしです。母上ではありません」

すると、左京は右近を睨《にら》み、

「そうだ。おまえだ。おまえが災いを持ち込んだのだ」

ちょっとからかうだけのつもりが、予想以上の反感を買ってしまった。文蔵も右近に謝るよう目で訴えかけている。確かに悪乗りをし過ぎた。

「申し訳ございません」

右近は頭を下げた。

「出て行け！」

左京は怒鳴った。

「何を言うのです」

すかさず、静江が間に入った。

「わかりました」

右近は立った。

「まだ、食事の途中ではありませんか」

静江は必死に訴えかける。

「また、日を改めます」

右近は居間を出た。静江は左京に右近を止めるよう目で訴えかけたが、左京はぷいと横を向いたままだった。そしてそっぽを向いたまま、

「今、江戸市中では雷《いかづちこ》小僧勇吉《ぞうゆうきち》という盗人がはびこっておる」

「知ってますよ。南北町奉行所、競い合うようにして行方を追っている」

雷小僧勇吉とは、もっぱら大名屋敷や旗本屋敷に忍びこみ、盗みを繰り返している盗人だ。大名屋敷や旗本屋敷の土蔵から金目の骨董品や財宝を手当たり次第に盗み出す。錠前外《はず》しの名人が一味にいるらしく、鮮やかな手口で土蔵を破っていく。それに加えて、大名や旗本の屋敷というのは案外と警護が厳重ではない。あまり警護を厳重にすると幕府から謀反《むほん》と疑われるためである。また、御家の体面というものがあって、たとえ盗みに入られてもそれを表沙汰にすることを嫌がる。慣れた盗人にとっては都合のいいお得意とさえ言うこともできた。ところが、さすがに、このところ頻発するようになって、幕府としても見過ごしにはできなくなった。将軍のお膝元で将軍への忠勤を尽くす大名、旗本が被害を受けるということは将軍の体面にもかかわるという空気が流れ出したのだ。このため特定の大名旗本からの訴えはないが、老中より南北町奉行と火付盗賊改《ひつけとうぞくあらため》に対し雷小僧勇吉の捕縛が命ぜられた。

目下のところ一切の手がかりはない。南北町奉行所ともに尻尾すら摑《つか》んではいなかった。大名や旗本が御家の体面を気にして探索に協力的でないことが災いしている。

右近はふと、

「そうだ。競争しませんか。どちらが先に勇吉を捕らえるか」

左京は右近に向き直り、

「面白い。わたしに挑むか」

「挑みますよ。北町きっての辣腕同心里見左京殿にね」

「よくぞ申した。その心意気は誉めてやる。でもな、これだけは申しておく。わたしにも意地がある。八丁堀同心に成り立ての新米に、よもや遅れを取るようなことはせん」

「ま、それは結果を見てからということで」

右近は静江に頭を下げ足音高らかに玄関に向かった。静江がついて来た。玄関で振り返り、

「とんだことになってしまい、申し訳ございません」

「母上のせいではありませんよ。わたしが悪いのです」

「でも……」

「よいのです」

「せっかく来てくださったのに……。まったく、左京殿ときたらあんなにも取り乱したりして。大人気ないと申しますか、堅物と申しますか」

静江は苦笑を洩らした。

「また、来ますよ。兄上の居ない時に」

「きっとですよ。これに懲《こ》りないでください」

「久しぶりに母上の手料理を食べられただけでも来た甲斐《かい》がありました」

「そう言ってくだされればありがたいです」

「では、これにて」

右近は立ち去ろうとしたがふと思い出したように振り返り、

「兄上は、お由紀のこと本気ですよ」

と、ニヤリと微笑みかけた。

静江もにんまりとした。

「左京殿があんなにも怒っていたのは脈ありです」

「脈ありなんてものじゃございません」

「右近殿はその娘を存じておるのですね」

「よく知っております。そうだ、わたしから当たってみましょう。もちろん、兄上には内緒にです」

「お願いします」

「では、失礼します」

右近は玄関を出た。

結局、兄とは喧嘩別れになってしまったが、嫌な気持ちが後を引くようなことはなかった。静江の存在が右近の気持ちを和《やわ》らげてくれた。やはり、母親というものはいいものだ。自分が天涯孤独の身ではないことを実感できた。


一方、静江が居間に戻ると、左京は憮然《ぶぜん》と杯を重ねていた。文蔵も黙りこくって黙々と箸を動かしている。

「大きな騒ぎになってしまいましたね」

静江は言った。

左京は杯を置き、威儀を正した。それから静江に向かって、

「母上、先ほどの失礼、まことに申し訳ありませんでした」

と、両手をついた。

「大変な取り乱しようでしたね。右近殿も驚いておられましたよ」

「母上に対する無礼は詫びますが、あいつを許すことはできません」

「そのようなことを申すものではありません。せっかく、お父上の仏前に線香を手向けに来てくれたのです。十年のわだかまりを乗り越えてですよ。少しは右近殿の気持

ちを思ったらどうなのですか。お由紀と申す町娘のことだって、左京殿と和やかな語らいをしたかったのですよ」

「わたしはどうしてもあの傍若無人《ぼうじゃくぶじん》振りを許すことはできません」

「そんなに無礼なことはしておりませんよ。あなたが向きになっただけだと思います」

静江は毅然としたものだ。

「母上、それは」

左京は抗《あらが》おうとしたが、

「まあ、今日のところはこれで収めてくだせえ」

文蔵に諫《いさ》められ、左京は落ち着きを取り戻し膳に向かった。

「まったく、洒落《しゃれ》の通じない男だ」

右近は愚痴《ぐち》をこぼしながら自宅に戻った。誰もいない組屋敷には灯りはない。月のない星月夜である。澄み切った空気の中、満天の星に照らされて薄っすらとした母屋の影が夜陰に浮かんでいる。

と、木戸門で人影が動くのが見えた。

右近が身構えた時、

「何処をほっつき歩いておった」

闇の中から声がした。

人影は右近の前に立った。

「なんだ、種田《たねだ》さまですか。脅かしっこなしですよ」

南町奉行所の筆頭同心種田五郎兵衛《ごろべえ》である。

「おまえの帰りを待っておったのだ」

「それはあいにくでした。さあ、入ってください」

「ここでよい」

「なら、ここで承《うけたまわ》りますか。あれですか、またぞろ同僚方がわたしのことを非難してますか」

右近は同僚たちの間で浮いていた。無頼の徒から成り上ったということと、その奔放《ほんぽう》な言動が受け入れられないでいる。出仕した当初、髷を鯔背《いなせ》銀杏に結っていた。そのことが大いに反感を買い、種田から諭《さと》されて武士風の銀杏髷にした。今日も何か同僚たちの不満を伝えに来たのかもしれない。

「内与力山本勘太夫《やまもとかんだゆう》さまがおまえに会いたがっておられる」

内与力とは奉行所には属さず、奉行個人の家来である。奉行と奉行所の役人の橋渡し役となっている。

「御奉行の懐刀《ふところがたな》である山本さまが、わたしに御用ですか」

「用がなければこんな夜更けに、おまえを待ってはおらん」

種田の声音は不満と寒さで震えていた。

「それは、どうも失礼しました」

「そのことはよい。それより、明日、暮れ六つ（午後六時）、日本橋長谷川町《はせがわちよう》の料理屋百瀬《ももせ》に行くのだ。山本さまがお待ちだからな。それからこのこと、他言無用であるからな」

「どんな、御用なのでございましょう」

「わしも知らん」

「しかし、弱ったたな。面倒な役目でも押し付けられたんじゃ、雷小僧勇吉探索ができませんよ」

「勇吉ならおまえが携わることはない。これまでだって、おまえには任せておらんだろう」

「それが、携わりたくなった、いや、なんとしてもお縄にしなければいけなくなったのです」

種田は右近の物言いに良からぬものを感じたようで、

「山本さまの御用を優先させよ。よいな、しかと申し付けたぞ」

そう釘を刺しておいて、これ以上の関わりを避けるようにそそくさと立ち去った。

夜空に種田のくしゃみが響き渡った。

四

右近は一人、ぽつんと残りしばらく呆然と立ち尽くした。蕭々《しょうしょう》と流れる夜風に頬を撫でられながら、今日起きたことを考える。里見家を訪れ、母との再会を果たし、兄との、そして父との確執に終止符が打てたと思ったら再び新たな確執が生じてしまった。

が、その確執は雷小僧勇吉捕縛という、まさに遣り甲斐のある競争を生んだ。

そこへ、奉行の内与力からの用件だという。

「一体、なんだ」

呟《つぶや》くものの見当がつくはずもない。密かに、人に知られずに来いという言葉が嫌で

も興味を抱かせる。星空を見上げ思案することしばし、

「ま、考えても仕方ないか」

右近は木戸門を潜り、母屋の格子戸を開けた。格子戸が夜風にかたかたと鳴っている。格子戸を開けても誰かがいるわけではない。廊下を歩く軋《きし》む音が静寂を際立たせている。

「さて」

と、居間にどっかと座る。

取り立ててする事があるわけではない。湯屋に行くことくらいしかない。湯屋へ行こうと思ったが、明日の朝にしようと思い直す。

となると、寝るか。

しかし、布団を敷くのも億劫《おっくう》になってしまった。畳の上にごろんと横になると腕枕をして両目を閉じる。

ふと、矢場の娘、お由紀のことが脳裏を掠《かす》めた。

「そうだ」

反射的に身を起こす。

兄左京とお由紀。

まるで水と油。だが、男女というものはお互いのないところを補い合い、好き合うものだ。

「面白くなってきたぞ」

案外と瓢簞《ひょうたん》から駒かもしれない。そう思うと右近の心は浮き立った。


明くる十一日の夕暮れ、奉行所を出ると山本に指定された日本橋長谷川町の料理屋百瀬にやって来た。黒板塀に見越しの松、建物は檜《ひのき》造りという高級料理屋だ。とてものこと八丁堀同心が利用できる店ではない。玄関を入ると、大刀を仲居に預けて廊下を奥に進む。山本は廊下を曲がりくねった先の部屋にいた。黒紋付の羽織に仙台平《せんだいひら》の袴《はかま》、目に鮮やかな白足袋を履いて、その脇に芸者が一人、酌をしている。その様子から馴《な》染《じ》みのようだ。

「遅くなりました」

右近が挨拶をすると、山本は気を悪くする風でもなく、

「なんの、まだ暮れ六つではない」

山本が鷹揚《おうよう》に答えたところで、日本橋本石町《ほんごくちょう》にある時の鐘が暮れ六つを告げた。

「ご用向きはいかなることでしょう」

右近は両手を膝に置き、奉行の懐刀に尋ねた。山本はそれをいなすように、

「まずは、一献」

と、横の芸者に目配せする。右近は、「では」と杯を差し出す。芸者の酌で一杯飲んだところで、山本は芸者に席を外すよう目で促した。芸者は愛想笑いを浮かべながら出て行った。山本は芸者が出て行くのを目で追いながら、

「南町の同心となってどれくらいになる」

今度は自ら右近に酌をした。右近は軽く頭を下げ杯に受けたところで、

「まだ、二月《ふたつき》余りです」

「そうか、もう、練達の同心のようじゃな」

山本の世辞を笑顔で聞き流し、蒔絵《まきえ》銚子を手に山本に酌をした。

「定町廻りは、雷小僧勇吉の探索でいきり立っておろう」

「その通りです」

自分もいかに雷小僧勇吉探索を行いたいかを力説したが、山本は聞き流し、

「ところで、本日足を運んでもらったのは、ある男を捜してもらいたいのだ」

「その男とは」

と、反射的に問い返したのを山本は制して、事情を説明し始めた。

「二年前、奉行所で火事が起きた。幸い、小火《ぼや》程度で済んだのだが、その際に例繰方《れいくりかた》の書物庫にも火が及び、一部の御仕置裁許帳《おしおきさいきょちょう》と資料が燃えてしまった。おまえに探し出してもらいたいというのは、その焼失した資料に詳細が記されている男だ」

ここまで聞いても要領を得ない。いぶかしむ右近の顔を見ながら、

「男の名は辰次《たつじ》。通称、お題目《だいもく》の辰次。表向きは飾り職人。裏の顔、いや、こっちが本業のようなものなのだが、贋作《がんさく》職人だ」

「贋作職人……」

「そのような職があるかどうかはともかく、辰次は骨董品の贋物《にせもの》を作ることを生業としておる。特に墨絵には定評があって、その道では江戸一という評判を取る男だ」

「ほう」

これは面白そうだぞと内心で呟く。同僚たちは雷小僧を追っているというのに、自分は退屈な町廻り、そこになんだか面白そうな役目が降ってきた。内与力の命令だ。奉行遠山《とおやま》の意向であるに違いない。

「お題目とは妙なあだ名がついておりますね。法華《ほっけ》の信者なのですか」

法華の信者、すなわち日蓮宗を信仰しているのか。

「宗門改めでもそうなっておるが、辰次という男、贋物作りに調子が乗ってくると法

華経のお題目を唱えるそうだ」

山本の言葉を引き取り右近は両手を摺《す》り合わせて、

「南無妙法蓮華経、とやっているんですか。なんだか、辛気《しんき》臭い野郎ですね」

「辛気臭いかどうかは知らんが、その辰次を探し出すのだ」

「ご命令とあれば、探し出しますが、何処にいるか少しの見当もつかないのですか」

「申したであろう。辰次のことを記した資料が焼失してしまったと」

「ならば、この広い江戸をわたし一人で探し回るのでございますか」

「明日の暮れ六つ、ここに連れてまいれ」

「そんな」

そんな無茶なことを、という言葉を右近は飲み込んだ。江戸八百八町で面相もわからない男を捜すなど、砂浜で小石を探すようなものではないか。

「おまえ一人で行うことはあるまい」

「手下を使えとおっしゃるのですか」

両国に今も巣食う右近の手下たちを動員せよというのか。確かにそうすれば、多少の効率が上がるだろうが、それでも明日一日というのはいかにも心もとない。おそらく、定町廻りや臨時廻りの同心を総動員しても、数日はかかるだろう。

「違う」

山本は言下に首を横に振り、

「おまえには心強い味方がおるではないか」

その思わせぶりな表情を見ていると、冗談ではないことがよくわかる。すると、一体、だれなのだろう。

まさか、左京か。

左京を頼れというのか。左京に協力を求めるのはやぶさかではないのだが、左京の方で嫌うだろう。

「ぼうっとしおって。見当がつかんのか」

左京と思ったがそれを口に出すことは憚《はばか》られた。山本はニヤリとして、

「景山柿右衛門、おまえの義父《ちち》だ」

「ええっ」

意外な名が飛び出し口ごもっていると、

「景山は永年例繰方に勤務し、奉行所で扱った事件は一件残らず諳《そら》んじることができるという生き字引のような男だ。だから、景山に尋ねればお題目の辰次のことも覚えておろう。そして、その住まいも覚えているに違いない」

「なるほど」

確かにそうである。義父ならそんな特徴のある男のことは、必ず記憶に留めているに違いない。

広い江戸を駆けずり回らねばならないのかと暗澹《あんたん》たる思いをしていたところに、まさしく一筋の光明が差し込んだ。だが、その光明は一瞬にして雲に閉ざされた。

「義父に辰次の所在を確かめたとしまして、二年が経っております。今も同じ家に住んでおるものでしょうか」

「わからん」

山本はあっさりとしたものだ。

「ま、それは、運任せだな。ともかく、柿右衛門を訪ねることだ」

「承知しました。ところで、どうして、その辰次を探し出す必要があるのですか。御奉行の命令でございますか」

「知りたいか」

「はい」

「今は話せん」

「そんな……」

胸に大きなもやもやが生じた。

「ま、そうは言ってもおまえも知らぬままでは役目に身が入らぬであろう。ならば、辰次を連れてまいったなら、教えてやる。但し、口外無用ぞ」

山本は両手を打った。すぐに先ほどの芸者が戻って来た。

「用はすんだ」

山本はいかにも右近が邪魔だと言わんばかりだ。

内心で舌打ちをして右近は外に出た。

# 第二章　お題目の辰次

一

百瀬を出ると、すでに日はとっぷりと暮れていたが、まだ六つ半（午後七時）を過ぎた頃だ。右近は胸に大きなわだかまりを抱えたまま義父景山柿右衛門の家に向かった。

兄の左京には雷小僧勇吉を捕縛してみせると啖呵《たんか》を切ってしまった。そう言った翌日に思いもかけない御用が舞い込んだ。奉行の内命とあれば仕方ない。それに、お題目の辰次という男にも興味を覚えた。いかにも面白そうな男だ。御用に不満はない。

贋作の名人。

その男に遠山は用がある。いやが上にも興味がそそられるではないか。

肌寒い夜風に身体を包み込まれ、背中を丸めながら道を急ぐ。日々寒さが募り、時節は冬が深まっている。

小走りに道を急いだお陰で、身体がじんわりと火照ってきた。半時（一時間）とからず、柿右衛門の自宅に至ることができた。柿右衛門は芝三島町《しばみしまちょう》のしもた屋に住んでいる。この辺りは読本《よみほん》や草双紙《くさぞうし》の版元が多いため、隠居して戯作者《げさくしゃ》を目指したいと、八丁堀の組屋敷から引っ越したのである。

格子戸を開け、

「親父殿、おれだ」

と、声を放ち廊下を進む。返事はない。留守かと思ったが玄関に雪駄《せった》があったし、居間から行灯《あんどん》の灯りが洩れている。

「おれだ」

声をかけながら居間に入る。柿右衛門はどてらを着込み、紙屑《かみくず》が散乱する部屋の真ん中で天井を仰ぎ見ながら横たわっていた。火鉢に掛けた土瓶が白い湯気を立てていた。右近が近づいてもこちらを向くこともせず、

「相変わらず、うるさいのう。もっと、静かに入って来い」

「なら、返事くらいしろよ。くたばっちまったかと思ったぞ」

「わしはまだまだ元気じゃ」

「そうだよな。あんたが、あっさりとあの世に行くとは思えん」

「そうよ。わしは、今に曲亭馬琴《きよくていばきん》や十返舎一九《じつぺんしやいつく》以上の人気戯作者になるのじゃからな」

「そうかい。で、人気戯作者の先生は読本の執筆ははかどっておられますかな」

柿右衛門はむっくりと起き上がり、

「そう見えるか」

大きくあくびをしながら紙屑の散乱した部屋を見回す。

「苦闘しておるようだな」

「戯作者にはな、どうしても筆が進まん時があるのだ」

「そんなもんか」

「おまえのようながさつな男にはわからんだろうがな」

「ま、これでも食べて一服しろ」

「また、人形焼か」

「親父殿が好物と言っていた芝神明宮《しばしんめいぐう》門前の雷屋《かみなりや》で買い求めたんだ。既に店仕舞いをしていたのをたたき起こしたんだぞ」

「恩着せがましいな。確かに好物だが、そうそう毎回人形焼ではな、飽きるというものじゃ。まったく、芸のない奴だ」

「嫌なら食べるな」

紙包みを引き戻そうとすると、

「せっかくの土産《みやげ》だ。我慢して食ってやるさ」

「減らず口をたたきやがって」

「わしは親だぞ。親孝行の一つもしたらどうだ」

「親孝行ではないが、親父殿を見込んで頼みがあるんだ」

右近は部屋の隅にある茶簞笥から湯飲みを二つ持ってきて土瓶から茶を注ぎ、一つを柿右衛門に手渡した。

「金の無心か。金ならないぞ」

柿右衛門は人形焼を頬張りながら言う。

「そうじゃない。南町奉行所にその人ありと言われた生き字引景山柿右衛門さまに頼みたいことがある」

「なんだ、改まりおって」

柿右衛門は警戒心を抱いたのか人形焼を食べる手を止め、じろりと右近を見る。

「お題目の辰次を探しているんだ」

一瞬、柿右衛門は記憶の糸を手繰《たぐ》るように視線を泳がせたが、それもほんのわずかなことで、

「贋作の名人と評判の男だな」

「そうだ、その辰次だ」

「二年前、上野で喧嘩騒ぎを起こした。やくざ者相手に酒の席でのことだった。それで、贋物作りをしていることもわかったが、結局、喧嘩沙汰のみを問われ、贋物作りには手出しするなと釘を刺されて解き放たれた。生まれは寛政七年（一七九五年）、だから生きていれば五十一だな」

さすがは生き字引と異名を取るだけのことはある。柿右衛門は立板に水の如く辰次の人となりを述べ立てた。

「何処に住んでいた」

「浅草誓願寺《せいがんじ》裏の長屋だ」

「わかった」

右近はそれだけ聞けば十分と腰を浮かした。たちまち、

「なんだ、どうして辰次のことを知りたがる」

「まあ、ちょっとな」

「ちょっとな、ではない」

「親父殿には関わりのないことだ」

「人にものを尋ねておいてそれはないじゃろう」

柿右衛門は辰次に興味を抱いたようだ。十分に予想できたことであり、恐れていたことでもある。きっと、読本のネタになると思ったに違いない。

「これはな、御用なんだ」

「どんな御用だ」

「そんなこと、八丁堀同心を隠居した親父殿に言えるはずがなかろう」

「隠居した親父を頼ったのは誰だ」

柿右衛門も負けていない。それどころか、どうしても辰次のことにかかわりたい様子だ。

「どうして辰次のことを知りたがる。それだけ教えろ」

それが妥協案であるかのように柿右衛門は頬を緩める。

「だから、おれも知らないんだ」

「なんだと……。そんなはずはあるまい」

柿右衛門はいぶかしむ。それから眉をひそめ、

「何のために探すのかわからずに辰次を探すのか」

「まあ、そうなんだ」

「そうなんだではない。一体、誰の命令だ」

「それは言えん」

「何から何まで言えぬのか」

「だから、極秘のお役目なんだ」

「新米のおまえに極秘の役目など下るわけがなかろう」

柿右衛門の小馬鹿にしたような物言いに腹が立ち、

「遠山さまの内与力山本さまの命令だ」

「ほう。山本さまがな」

途端に柿右衛門はにんまりとした。

しまった。

これで、柿右衛門の興味は益々深まったに違いない。とんだ成り行きになったものだ。

案の定、柿右衛門は顎《あご》を掻《か》きながら、

「山本さまがご自分の考えでおまえに命じるはずはない。きっと、遠山さまの意思が入っておる。南の御奉行が贋作の名人に用がある。これは匂うな」

「変な料簡を起こすんじゃないぞ」

だが、右近の忠告などに耳を傾ける柿右衛門ではない。

「変な料簡など起こすはずがなかろう。なかなかに面白い読本の材料になるじゃろうと思ったまでじゃ」

「それだよ」

右近は両手を打った。

「なんじゃ」

柿右衛門は呆《ほう》けた声を出した。

「読本のネタにしていいはずがないだろう。町奉行所の極秘の役目なんだぞ」

「わかっておる」

「わかっているなら口出しはするな」

「口出しではない。おまえが辰次を訪ねるのについて行くだけだ」

「それが邪魔なんだ」

「馬鹿者。わしは町奉行所の飯を三十年以上食ってきたのだぞ。昨日今日に入った新米とは違う。意見されなくても分はわきまえておるさ。御奉行所に迷惑をかけるようなことはせん。そこのところはうまく書く。じゃから、なあ、いいではないか。わしもこのところ、面白い材料がなくてな。いささか困っておったところじゃ。親孝行するならこの時じゃぞ」

「何が親孝行だ。地道にネタ拾いをしたらどうなんだ。たとえば、碁会所とか湯屋の二階とか髪結い床とかへ行けば、いろんな話が聞けるだろう」

「そんなことおまえに言われなくてもわかっておる」

「だったら、やったらどうだ」

「やっておる。じゃがな、わしが書こうと思っておるのは世間相場には合わない、浮世離れをした物語なんじゃ。南町の生き字引と言われたわしじゃ。材料には事欠かんが創作意欲を抱かせる材料となるとそうは思い当たらん。おまえにはわからんじゃろうが読本を書くのは苦労が多いのじゃ」

「よくわからんが、あんまり、背伸びをしないほうがいいんじゃないか」

「背伸びではない。わしの色を出そうということじゃ。戯作者も競い合いじゃからな。ありきたりの物じゃ版元に受け入れられん。つべこべ言わずに連れて行け。これでも、何か役に立つかもしれんではないか」

「そうかな」

「ああ、昔取った杵柄《きねづか》だ」

これ以上のやり取りを続けていても柿右衛門は承知しそうにない。

「わかったよ」

不承不承《ふしょうぶしょう》うなずいた。

「最初からそう言えば、お互い不愉快な思いをせずにすんだのだ」

「なら、明日、奉行所の前に朝五つ（午前八時）でどうだ」

そう言っておいて早めに出かけよう。

「わかった。なら、帰っていいぞ」

柿右衛門は文机《ふづくえ》に向かった。用がすんだらこの態度だ。現金なものだと思いつつも、

「ならば明日」

右近は言うと今度こそ腰を上げた。格子戸を開けると月はおぼろにかすんでいた。

## 二

右近は奉行所に早めに出仕をすると、すぐに町廻りに出かけると言って奉行所を出た。柿右衛門はまだ来ていない。約束の刻限よりも半時（一時間）も前だ。

今のうちに辰次の家に行こうと思って浅草誓願寺裏までやって来た。

翌十二日の朝五つ半（午前九時）、冬晴れの朝というのにくすんだような裏長屋である。木戸の表札で辰次の名を探すと幸いまだあった。今も変わらずこの長屋に住んでいるようだ。木戸を潜る。木戸の表札からすると、辰次の家は二階建長屋の中ほどである。

狭い路地を歩く。溝板《どぶいた》は所々に穴が空いていたり外れたりしている。右近は足を取られまいと注意を払った。家々のあちらこちらから子供たちの声、それを叱る親の声などが響き渡り、いつもの暮らしが営まれている。辰次の家の腰高障子《こしだかしょうじ》の前に立った。

みすぼらしい住まいだが、障子は真新しく貼りかえられていた。障子が朝日を受けて白い輝きを放っていた。

右近は空咳《からせき》を一つしてから、

「御免」

と、声を放つ。すぐに返事が返された。若い女の声だ。腰高障子が開かれて出て来たのは歳の頃二十歳を少し過ぎた頃合の娘だ。弁慶縞の小袖を着、着物の裾《すそ》を絡《から》げて、真っ赤な湯文字が覗いていた。手に着物を持っているのを見ると、これから洗濯でもするのだろう。

娘は右近を見上げ小首を傾《かし》げた。

「辰次は……」

辰次はおるかと尋ねようとしたが、聞くまでもなく辰次らしき男が小上がりに簪《かんざし》や笄《こうがい》を広げていた。紺色の股引に腹掛けを身に着け、半纏《はんてん》を重ねて飾り職の仕事をしている。辰次は右近の声を聞き、顔を上げるとちらっとこちらを見た。浅黒い顔に薄い眉、目鼻立ちは整っており、若い時分にはなかなかの男前であったことを思わせた。

「辰次、入るぞ」

声をかけたのは右近ではなく、なんと柿右衛門だった。右近は背後を振り返る。柿右衛門はにんまりとして、

「わしを出し抜くのは十年早いぞ」

柿右衛門は囁《ささや》くと右近の脇をすり抜け、家の中に入った。

「まったく」

内心で呟きながら右近も続く。辰次は手早く仕事の品々を部屋の隅に寄せると、

「お米《よね》、茶だ」

娘はお米というようだ。お米は土間のへっついに向かった。右近と柿右衛門は部屋に上がった。

「南町の景山と申す」

柿右衛門は、

「わしはこいつの親父。隠居の身だ」

辰次は南町の同心親子がやって来たことに戸惑うように目をぱちぱちとさせた。

「なに、わしのことは気にするな」

柿右衛門は朗《ほが》らかに言う。お米が茶を淹《い》れた。辰次が外に出て行くよう目で告げた。お米は、

「洗濯してくるね」

と、盥《たらい》と衣類を持って外に出た。

右近は辰次に向き直り、

「お題目の辰次だな」

辰次は苦笑を浮かべ首を縦に振る。

「急なことだが、今日、わたしと一緒に来てもらいたい」

「あっしゃ、贋作の方はすっかり足を洗ってますぜ」

「知ってるさ。何もおまえのことを罪に問うというのじゃないんだ。ただ、おまえに会いたいお方がいるんだよ。誓って言う、おまえに害が及ぶことはない」

「八丁堀の旦那の頼み、しかもあっしに会いたいなんて物好きなお方がいるんなら、会ってもいいですがね」

右近は破顔し、

「今日の暮れ六つ（午後六時）に日本橋長谷川町の百瀬で待っている」

「そいつは、ご立派な料理屋だ。あっしのような半纏着《はんてんぎ》が出入りできる所じゃねえや。記念になりますね。今日中にこいつを日本橋の小間物問屋まで届けますんでね、その近くには行くんですよ」

辰次は部屋の隅にある小間物の類《たぐい》を目で見やった。

「ならば、丁度いいじゃないか、その帰りにでも寄ってくれ」

「まあ、そうですね」

辰次は意外にもあっさりと承知した。

「ならば、頼むぞ」

右近は腰を上げた。

「旦那、では後ほど」

辰次は丁寧に頭を下げた。右近は柿右衛門を促す。

柿右衛門はよっこらしょと大袈裟《おおげさ》な動作で立ち上がった。二人は辰次の家を出た。

井戸端から長屋の女房たちの賑やかな会話が聞こえてくる。その中にあって辰次の娘お米は黙々と洗濯をしていた。

「けなげなものじゃのう」

柿右衛門は横目に見ながら言う。

「これでよし」

右近は路地を足早に進む。木戸を出たところで、

「待て」

柿右衛門が右近の羽織の袖を引いた。

「なんだよ」

渋い顔で振り返ると、

「大丈夫か」

柿右衛門は辰次の家の方を見る。

「何が」

「辰次の奴、ちゃんとやって来ると思うか」

「行くって言っていたじゃないか」

「確かに言っていたがな」

柿右衛門はにんまりとする。

「どうしたんだ、その顔は」

「信じていいものかのう」

「そら、信じてもいいだろう」

「そうかな」

「別にお縄にするわけじゃない」

「それはそうだが、辰次はそう考えるかな」

「後ろめたいことはないのだからな」

「辰次は後ろめたいことはやっていないと申すのじゃな」

すると、右近の顔は曇った。それを見逃す柿右衛門ではない。

「それ、心配になってきたじゃろう」

「親父殿がそんなことを言い出すからだ」

「わしは何もおまえに無用の心配をさせようというのじゃないぞ。同心たる者の心構えを申しておるだけじゃ。何事も裏を取る、これを怠《おこた》ってはならん」

柿右衛門はもっともらしい顔で二度、三度うなずいた。

「人を疑ってかかれということか」

「念には念を入れろと申しておるのじゃ」

そう言われてみれば、心配が募るばかりだ。後ろ髪を引かれる思いで辰次の家を振り返る。

「どうする」

柿右衛門は楽しんでいるかのようだ。

「見張るしかあるまい」

「そうくるか」

「そうさ」

柿右衛門は柳の木を指差した。右近は木戸の斜め前にある柳の木に向かった。そこからなら、辰次の家を見通すことができる。

「ならば、精々、用心することだな」

「親父殿、行ってしまうのか」

「おまえに付き合う義理はない。暮れ六つに百瀬に行くさ。それで事足りるからな」

「けっ、現金なもんだな」

「おまえも、自分の岡っ引でも作るんじゃな。こんな時には便利だぞ」

その言葉は身に染みた。

「わかったよ」

ふて腐れたように言うと、

「目を離すな、しっかりやれ新米」

柿右衛門は右近の肩をぽんと叩くと鼻歌を歌いながら立ち去った。

「けっ」

右近は道端の石ころを蹴飛ばす。確かに岡っ引は必要だ。岡っ引とまでは言わないまでも自分の手足となって働く者が。

かつての手下ならば、やってくれるだろう。手下の中では……牛太郎《ぎゅうたろう》は若い衆を束ねる必要があるから無理だ。牛太郎を除き、目端《めはし》が利いて敏捷《びんしょう》な男、それに好奇心が旺盛。ぴったりの男がいる。幇間《たいこもち》の美濃吉《みのきち》である。

早とちりが玉に瑕《きず》だが、贅沢《ぜいたく》は言っていられない。

この用が済んだら、両国西広小路に出向いて話をしてみようか。

そんなことを考えながら辰次の家を見張る。じりじりと時が過ぎるのがやたらと遅い。一つ所にいるのが苦手な右近だ。おまけに、木枯らしが吹きすさび柳の枯れ枝を鳴らしている。寒さが一層身に染みた。初冬でもこれだ。真冬の最中の張り込みを思うと気持ちが沈みそうだ。張り込みは耐え難い苦痛となったが、ふと兄左京のことを思った。

左京がこんな自分を見たら……

きっと、冷笑を浮かべるに違いない。そう思うと全身が引き締まった。なにくそという思いを胸に抱いているうちに一時《いっとき》（二時間）もすると身体が馴染《なじ》んできた。それほど苦痛ではない。

昼近くなると腹の虫が鳴いた。近所の蕎麦屋《そばや》にでも行こうと思ったが、そのわずかの間に辰次に逃げられたらという心配が脳裏を占める。

このうらぶれた通りには屋台も通らない。日頃はしつこいくらい目につく二八蕎麦の屋台が恋しくてならなくなった。

せめてもの幸いは雨風にたたられないことくらいだ。これで雨に降られたら最悪である。そんなことを思いながら待つことしばし、日輪が西の空に大きく傾いた夕七つ（午後四時）やっとのことで辰次が路地を歩いて来た。

「待ちかねたわい」

仮名手本忠臣蔵四段目、塩冶判官《えんやはんがん》の台詞《せりふ》が思わず口をついた。

辰次は大きな風呂敷包みを背負い黙々と歩いて来る。中身は小間物なのだろう。日本橋の小間物問屋に持って行くに違いない。こうなったら、尾行の必要はない。この場から同行すればいいのだ。

右近は辰次に近づいた。辰次は目の前に現れた右近に戸惑いながらも、

「旦那、ずっと、待っておられたのですか」

「いや、町廻りをしてな、もう、そろそろおまえが出かけるころだろうと見当をつけたのだ」

そうとは言えない。

「そうでございますか」

「ついでだ、おれも一緒に行く」

「あっしをお疑いなんでしょ」

辰次は右近の心のうちを見透《みす》かしたように満面に笑みを浮かべた。

三

「そういうわけではない」

右近は言いながら辰次の横に貼り付いた。

「まあ、どうぞ、ご勝手に」

辰次は急ぎ足で歩いた。荷を背負っているにもかかわらず辰次は思いのほか足が速い。それが、贋作と関係するとは思わないがつい気になってしまった。

並んで歩きながら、

「女房はどうした」

「二年前に死にました」

「二年前と言うと……」

「あっしが、お縄になった時でさあ。元々病《やまい》がちだったんですがね、そんなところにあっしのことで心痛が重なって」

この時ばかりは辰次もしんみりとなった。

「嫌なことを思い出させたな」

「かまいませんよ。死んだ者はどうしようもありませんや」

「娘、お米といったか、お米、なかなか働き者のよい娘ではないか」

「まあ、死んだかかあに似ていますよ、そんなところはね」

辰次は心持ち自慢げな表情を浮かべた。そして、それきり固く口を閉ざした。

辰次は日本橋での用事を済ませると右近に伴われて百瀬にやって来た。約束の時刻は暮れ六つである。仲居の案内で山本が待つ座敷に向かう。山本は昨日と同じ座敷で待っていた。今日は芸者はいなかったが代わりに柿右衛門がいた。それを咎《とが》めるような目で右近が見ると、

「ちゃんと、山本さまのご了解を取ってある。新米のおまえだけでは山本さまがご心配と思ってな、わしも同席させてもらうことになった」

柿右衛門は悪びれることもない。それどころか、既にほろ酔い加減なのか頬が赤らんでいた。言葉巧みに山本に取り入ったに違いない。

——図々《ずうずう》しい爺《じじい》だ——

内心で毒づいて山本に、

「お題目の辰次、連れてまいりました」

山本は鷹揚にうなずき辰次に視線を向ける。辰次は座敷の隅で両手をついた。

「そのように硬くならなくてもよい。今日は吟味ではない」

それでも辰次は平伏したままだ。

「辰次、与力さまがこうおっしゃっているんだ。楽にしな」

右近に促され、辰次は面《おもて》を上げた。山本は小さくうなずくと、

「今日、おまえを呼んだのは頼みがあるからだ」

と、わずかに微笑んだ。

辰次は表情を消している。

「お題目の辰次、おまえの名人技を役に立てて欲しいのだ」

山本は静かに言った。辰次は上目遣いとなって、

「あっしの腕でよろしかったら」

山本は満面に笑みを浮かべ、

「そうか、よう申した」

「こさえるのはどんな小間物でございましょう」

辰次は淡々と問いかける。山本は軽く右手を横に振って、

「その技ではない」

辰次は困惑したように、

「あっしは飾り職人でございます。小間物以外に作れるものなどはございません」

「惚《とぼ》けなくてもよい。おまえの罪を問うことはないのだ。贋作の腕を役立てよと申しておる」

「そんなことはできません」

辰次は大きくかぶりを振った。

「もう一度申す。決して罪を問うことはない。それどころか、褒美《ほうび》も出るのじゃ」

山本は褒美という言葉を強調した。しかし、辰次は無関心な様子で、

「あっしにはできません」

これには山本が渋い表情を浮かべ、

「申しておくが、これは、悪事ではない。それどころか、天下の役に立つのだ」

「贋物作りが天下のためになるのでございますか」

辰次は失笑を洩らした。

「なる」

山本は言い切った。右近は困惑し、柿右衛門はというと伏し目がちであるが、成り

行きに聞き耳を立てている。

するとと辰次は手を打ち、

「こいつはいいや。贋物が天下のためとはね」

けらけらと笑い声を上げた。山本は苦虫《にがむし》を嚙みつぶしたような顔で辰次が笑い終わるのを待ち、

「だから、引き受けよ」

すると辰次はしっかりと山本を見据え、

「あっしは贋物作りから足を洗ったんでさあ」

「それは存じておる。それを承知で、今一度だけ役に立てよと申しておるのだ」

「ずいぶんと身勝手なことをおっしゃいますね」

「なんじゃと」

山本は憮然となったが、辰次はひるむことなく、

「だってそうじゃござんせんか。二年前、あっしは喧嘩沙汰に巻き込まれ、その咎できついお叱りを受けた。その際、喧嘩騒ぎの他にあっしの贋物作りのことまで罪を問われ、二度と贋物作りに手を出してはならんと申し渡されたんですよ。それを今更……」

「だから、今回は悪事の贋物作りではないのだ。天下のために……」

「冗談じゃねえ。あっしは、死んだかかあの墓前に誓った。もう二度と贋物作りには手を出さねえって」

それきり辰次は貝のように黙り込んだ。こうなっては、辰次はどんな説得にも耳を貸さないだろう。

山本は顔を真っ赤にして、

「無礼者！」

「お役人さま、あっしが間違っているとは思われねえ。お役人さまがあっしのことをお許しにならねえのなら、いっそのことこの場でばっさりとやっておくんなせえ」

辰次は半纏の尻を捲《まく》り、さながら役者のように啖呵を切った。山本は怒りが収まらず目を血走らせている。興奮のため言葉が出てこない様子だ。右近が間に入り、

「まあ、ここは、穏便に」

山本は黙り込んだ。辰次はすっくと立ち上がり、

「用はお済みになられたようでございますので、あっしはこれで」

と、さっさと座敷を出て行ってしまった。山本は首を横に振り、杯を呷《あお》った。

「贋物を作らせるとは穏やかではございません。御奉行のご命令ですか」

右近は山本の気持ちを落ち着かせようと蒔絵《まきえ》銚子《ちょうし》を持ち上げ山本に向けながら、

「事情をお話しください」

山本は杯を受け口に運んだが、思い直したように膳《ぜん》に置いた。

「一切、他言無用ぞ」

「もちろんでございます」

右近が言うと、柿右衛門がうなずくのが目の端《はし》に映った。

山本はおもむろに、

「御奉行とご昵懇《じっこん》の間柄であられる大番頭小里上総介光義《おおばんがしらこざとかずさのすけみつよし》さまの御屋敷から雪舟《せっしゅう》の水墨画の掛け軸が盗まれた。今、評判の盗人雷小僧勇吉の仕業じゃ。本紙《ほんし》は雪化粧をした金閣寺を描いた由緒ある絵でな、骨董好きの間では知らぬ者はおらんという逸品じゃ。それで、その掛け軸の贋作を辰次に任せようと思ったのじゃ」

「ならば、勇吉を捕まえればいいではございませんか」

右近は柿右衛門に賛同を求めたが柿右衛門は知らん顔である。

「それはそうだ。だがな、何時捕まえられる」

山本の反論に右近も答えられない。目下のところ、手がかりがまるで摑めていないのだ。

さらに山本は、

「それに、勇吉を捕らえたところで掛け軸が戻って来るという保証はない」

「それほどに大事なお宝なのですか」

「先の将軍家斉《いえなり》公から小里さまに直々《じきじき》に下賜《かし》された掛け軸だ。なくしたとあっては大事だ」

「ほう、将軍家ご下賜の掛け軸ですか」

右近がここで顎を掻いた。

柿右衛門が横から、

「それを贋作することが天下のためになるのですか。どうも、解《げ》せませんが」

「そうだそうだ」

右近も同意する。

「さて、そこじゃ」

山本は悩ましげに首を横に振った。

「実は、小里さまの姫、菊代《きくよ》さまが上さまのご側室候補になられた。ついては、その菊代さまをご覧になるため、今月の二十日、大奥の上臈《じようろう》桂乃《かつらの》さまと御側用人《おそばようにん》野原刑部《のはらぎようぶ》さまが小里屋敷を訪問される。茶会という名目じゃが、その茶席にご下賜の掛け軸が必要ということじゃ。畏《おそ》れ多くも将軍家の側室に上《あが》れるかどうかという大事がその茶会にかかっておるということじゃ。側室と申さば上さまのお子をお産みになられるという大事なお役目を担う。つまり、天下《てんか》静謐《せいひつ》がかかっておると申す次第」

「なるほど、そういうことでござったか」

右近は陽気に言ったがそれで座敷が明るくなるものではなく、

「それが辰次に断られてしまった」

「では辰次以外の贋作の名人を探せばよろしいでしょう」

「いや、辰次でなければならん。以前小里家では万が一を考え出入りの骨董屋の大黒屋に雪舟の掛け軸の贋作を依頼した。その際大黒屋が推挙したのが辰次。小里家は辰次に本物を見せ贋作をさせた。辰次は本物と見間違う程に見事な贋作をこしらえた。ところがいざ出来上がってみると将軍家への不忠ということになりそれを買い取らなかったのじゃ」

山本は意気消沈である。

「すると、今日その贋作は辰次の手元にあるかもしれませんね」

「そうであればいいのだが、持ってなくとも辰次なら再び作ることができるらしい。何せ贋作をした時も一時程見ただけで細部に至るまで再現したというのだからな」

「その辰次に断られたとなると、諦《あきら》めるしかないんじゃございませんか」

右近は暢気《のんき》に言った。

四

「馬鹿者！」

山本は色めき立った。

「しかし、無理やり辰次に贋作をさせるわけにはいかないでしょう」

「そこをなんとか説得するんだ」

山本は傲然《ごうぜん》と言い放つ。

「しかし、理はむこうにありますよ。たとえ、どんな事情があっても、贋作をやれなどとはいかにも理不尽です」

「それはわかっておる。わかっておってこうして頼んでおるのだ」

「しかし……」

「ならば、勇吉を見つけ出すか」

「それが当然と存じます」

「猶予《ゆうよ》はないぞ。あと八日じゃ」

「そう申されましてもね」

右近は難しい顔をして腕組みをした。

山本は柿右衛門を睨む。

「これは、なんとかせねばならんぞ、雪舟の掛け軸、なんとかするのじゃ、倅《せがれ》よ」

柿右衛門は他人事《ひとごと》のような口ぶりだ。反発したくなったが山本の手前、

「わかりました」

とりあえず、そう返事をした。

「ならば、しかと申し付けたぞ。雪舟の掛け軸、小里さまの御屋敷に届けよ。よいか、二十日までにじゃぞ。よいな」

山本はそう言い置くと逃げるように座敷を出て行った。座敷には右近と柿右衛門が取り残された。

「思いもかけない一件を押し付けられたもんだ。辰次という男を捜す役目がいつの間にか、雪舟の掛け軸をなんとかするなんていう、難題になっちまった。まったく、ついてないよう」

右近は柿右衛門に向いた。柿右衛門は目の前にある膳に箸を伸ばした。

「よくこんな時に物が食べられるもんだな」

右近が呆れると、

「腹が減ったし、わしには関わりのないことだからな」

柿右衛門は構わず食べ始めた。

「さすがは、百瀬の料理じゃな。まことに美味い、おまえも食べてみろ。食べないのならわしがもらうぞ」

言ったそばから柿右衛門は手を付ける。

「いいよ、食べるよ」

右近も箸を取る。今日は辰次の張り込みを行っていたため昼餉《ひるげ》を抜いた。空腹であることに気がついた。

江戸前の魚のお造りを食べてみる。なるほど美味だ。

「ほれ、酒もいけるぞ」

柿右衛門は蒔絵銚子を持ち上げ、右近に向けた。右近は反射的に杯を差し出しぐびりと飲んだ。

「下り酒か、美味いな」

「そうであろう。遠慮するな、どんどんいけ」

柿右衛門に馳走されているわけではないのだが、そう言われても違和感なく飲み食いを進めた。腹が満ちてほろ酔い加減となった時に、

「さて、どうするかな」

柿右衛門は無視して松茸を食べている。

「親父殿、聞いているのか」

「聞いておらん」

「なんだと」

「だって、これはおまえの役目だろう」

「それはそうだが、親父殿も一緒について来たじゃないか。読本のネタにするのだろ」

「いや、これはしない」

「勝手なもんだな」

「おまえに課せられたのは小里さまのお屋敷から盗まれた雪舟の掛け軸をどうにかすることだ」

「それはわかっている。だから、どうすればいいのだろうと聞いているんだよ」

「考えるまでもないだろう。辰次に贋作させるか、雷小僧勇吉を捕まえるか、二つに

一つということじゃないか」

柿右衛門は淡々と述べる。

「どっちも難しいな」

「そらそうだ」

柿右衛門はけろっとしたもんだ。

右近はごろんと横になった。

「寝ておってもどうにもならんぞ」

「そんなことはわかってるよ」

「ならば、何か手を打たんか」

「どういう手立てを講ずるか考えているんだ」

「寝ているのかと思ったぞ」

「この顔が暢気に寝ている顔か」

「下手な考え休むに似たり、と申すじゃろ」

柿右衛門は小馬鹿にしたように鼻で笑うと、

「この料理、食いきれんな」

と、ぼやく。

「ならば、折りにでも詰めてもらうか」

言いながら右近は身を起こした。それからおもむろに、

「そうだ。折りを持って行ってやろう」

と、腰を上げた。

「何処へ行く」

「辰次の家だ。親父殿も来るか」

「わしは行かん。料理で辰次を口説《くど》こうというのか」

「料理で口説くんじゃねえ。料理であいつの心を和ませ、心根をしっかりと聞くんだ」

右近は言うと柿右衛門の食膳からまだ箸がつけられていない天麩羅《てんぷら》の盛られた皿を持ち上げた。

「何をするんじゃ」

たちまち柿右衛門は色をなしたが、

「食べ切れないんだろ」

「それは食べられる」

「あんまり食い意地が張ってると長生きできんぞ。長生きできなければ、いい読本も

書けんさ」

「ふん、偉そうに」

柿右衛門は毒づき、杯をあおった。


右近は料理の折詰と五合徳利を提《さ》げ、再び辰次の家を訪ねた。

「これ、食べろ」

右近は折詰を辰次に見せた。

「百瀬の料理だ」

「まさか、旦那、そんなもんであっしを買収しようってんですか」

「そんなみみっちい料簡じゃないよ」

「そうですかい、なら、お米、いただこうじゃないか」

辰次に言われお米は折りをひろげた。

「酒もあるぞ」

右近は五合徳利を持ち上げる。

「湯飲みを持って来な」

辰次は言う。お米は湯飲みを二つ用意した。右近が辰次に酌をした。辰次は湯飲みに満たした酒を美味そうに飲み干した。

「いける口じゃないか」

更に酌をしようとしたが、

「これからは手酌でいきますんで」

辰次はにんまりとする。

お米は部屋の隅で箸をせわしなく運んだ。

「今日は、思いもかけない仕事を頼まれて驚いただろう」

「まあね、まさか、あっしの罪をとがめた御奉行所から贋物を作れなんてね」

「そら、驚くよな。おれだってびっくりした」

「近頃のお上はどうなっているんでしょうね」

辰次はせせら笑った。

「そう言うな」

「おっと、お上の悪口を言ったらまたお縄ですか」

「今日はおまえをお縄にしようと思ってやって来たんじゃない。おまえと話がしたくなったんだ」

「あっしとね」

辰次は首をすくめる。

「おまえ、贋物を作り始めたきっかけはどんなことだ」

「物を作るのが好きでね。最初は遊びでやってたんでさあ。仕事仲間と左甚五郎《ひだりじんごろう》の招き猫なんてのを作って、その内に妙な評判が立っちまって、いろいろと依頼がくるようになったんですよ」

辰次は酒が入って気分がよくなったのか饒舌《じょうぜつ》になった。

「依頼先はどんなだ」

「大店の商人、お大名、お旗本」

「今、跋扈《ばっこ》している盗人、雷小僧勇吉のような盗人に家宝を盗まれて困っておるからか」

「そればかりじゃござんせんや。お大名、お旗本の中には台所事情に困って、泣く泣く売りなさる場合もあるんですよ。そんな場合、体面を保つために贋作を作るってことですよ」

「小里さまの雪舟の掛け軸も作ったそうじゃないか」

辰次は一瞬目を泳がせてから、

「あれは、自分ながら上出来でした。でも作らせといて受け取らなかった。将軍さまに不忠だとか言いやがって、勝手なもんだ」

「その贋作はどうしたんだ」

「けったくそ悪いんで捨てましたよ」

「さぞや儲《もう》かったのだろうな」

「そうでもねえ」

「どうしてだ」

「あっしゃ、四十過ぎて気に入った仕事しかしねえようになったんですよ。しかも、手に入った金はあぶく銭、博打《ばくち》か酒で流してしまいました」

辰次は愉快そうに笑った。

その夜、右近は心地良く酔った。辰次は興が乗ったのか、「南無妙法蓮華経」とお題目を唱えたが、耳障りには感じなかった。辰次という男の職人気質がなんとも心地よく思えた。

# 第三章　生まじめな仏

## 一

一方、左京は左京で雷小僧勇吉を追跡していたが、大きな問題が持ち上がっていた。

右近が辰次を伴って百瀬に行った十二日の朝、殺しの報せが届いたのである。殺されたのは神田三河町の道具屋亀屋の主京太郎《きようたろう》である。神田三河町は文蔵の家から程近いとあって、文蔵は京太郎のことは見知っていた。

亀屋は横丁の一角にある三軒長屋の真ん中にあった。

店は戸が閉じられ、殺しの現場は野次馬の目から遮断《しやだん》されていた。それでも、天窓から朝日が差し込み暗くはない。店の中で文蔵が待っていた。日輪の光の中に、京太郎は仰向けに倒れていた。

着物の胸がぐっしょりと黒ずみ、周りにも血だまりができている。

「刃物で心の臓を一突きですね」

文蔵が言うのを聞きながら左京は亡骸《なきがら》の傍《かたわ》らに屈《かが》む。まずは両手を合わせ、京太郎の冥福を祈ってから着物の胸をはだける。文蔵の言葉を裏付けるような生々しい傷が目に飛び込んできた。

「今朝早く、女房のお久《ひさ》が見つけました」

「今朝か……。亡骸は硬くなっている。殺されたのはゆうべの夜更けのようだな。お久は気がつかなかったのか」

「京太郎は、お久には先に寝るように言ったそうです」

「お久が寝ている間に下手人《げしゅにん》がやって来て、京太郎は殺されたということだな。お久が休んだのは何時だ」

「夜五つ（午後八時）ということです」

「殺しはそれ以降に行われたということか」

左京は店の中を見回した。一見してがらくたとしか思えないような品々が並べられている。それらは古びた太鼓、仏像、掛け軸、書、壺などの骨董品である。それらとは別に釜や盥《たらい》、鍋といった日常の品々が土間に置かれていた。

「骨董品はどれもがらくたにしか見えませんね」

文蔵は左京の視線を追いかけながら言う。

「我らにはがらくたにしか見えなくても、下手人にとっては値打ちのある品があったのかもしれん。とすれば下手人は骨董品欲しさに京太郎を殺したとも考えられる。釜や盥欲しさに殺すとは思えんからな。狙ったとしたら骨董の類《たぐい》だろう」

「ですがね、亀屋に主人を殺してまで奪い取る値打ちのある骨董があるなんて、聞いたことござんせんや」

「おまえ、骨董の値打ちがわかるのか」

左京の問いかけは文蔵のことを馬鹿にしているのではなく、あくまで下手人探索に必要な事実を得たいという意識からだった。

「いや、とんと」

文蔵が頭を掻《か》くと、

「ならば、そう決め付けるのは早計というものだな」

左京はあくまで冷静に断じた。文蔵は納得したようにうなずき、

「おっしゃる通りですね。なら、何から始めやすか」

「そうだな、まずはお久の話を聞こう」

「わかりやした」

文蔵は店の奥に向かった。

左京も文蔵の後を追う。亭主の亡骸を前に取調べを行うのはいかにも酷というものだ。それで、文蔵は店の奥にある四畳半ばかりの小上がりに女房お久を控えさせていた。お久はうつろな目で真正面を見据え、瞬《まばた》き一つするでもなく座っていた。亭主との間に子供はなく、二人だけの住まいだという。

「お久、辛いところだろうが、京太郎を殺した下手人を挙げるためだ。話を聞かせてくんな。こちら、北町きっての腕利き同心の里見左京さまだ。きっと、下手人をお縄にしてくださるぜ」

文蔵の言葉をお久は聞いているのかいないのか、左京の顔を見るなり、

「お役人さま、あの人、一体誰に殺されたんですか」

まさしく、訴えかけるような物言いである。

左京がたじろぐ程の強い口調であり、顔は亭主を殺された女房の悲しみに彩られていた。

「いきなりそんなことを言うもんじゃねえ。それをこれから調べるんじゃねえか」

文蔵が間に入る。

するとそれがまるできっかけとなったかのようにお久は捲し立てた。

「うちの人は他人《ひと》から恨まれるような人じゃございませんよ。そら、商売は下手《へた》、どこか抜けている、小心、そのくせ見栄っ張りでね、好《い》い所のまるでない、駄目な亭主でした。でもね」

お久はここで言葉を止め、しばらく黙り込んだ。そして、やおら両手で顔を覆《おお》ったと思うと、身を震わせて号泣した。左京も文蔵もお久が泣くに任せ、口出しするのを憚《はばか》った。それでも、お久がひときわ大きくしゃくり上げたのを見計らって、

「すまねえが、ちょいと話を聞かせてくれ」

文蔵が問いかけた。

お久は軽く頭を下げてから身構えた。左京が正面に立ち、

「京太郎という男、本当に恨みを買っておらなかったのか」

「それはないと思います」

お久は即座に答えた。

「そう言い切っていいものか」

左京に問いを重ねられ、

「そら、人は思わぬところで恨みを買うものかもしれませんけど、あの人に限って。いや、その……。むしろ、他人から恨みを買うようなところがあればって思いますよ。とにかく、お人好しで……。骨董市でだって、まがい物ばっかりつかまされて、さっぱり売れなくて」

お久は愚痴ともつかぬ言葉を繰り返す。そのうち、悲しみがこみ上げてきたのか再びすすり泣きを始めた。

左京が黙り込んだところで文蔵が横から、

「近所の評判でも、京太郎って男はとにかくお人好し、おまけにかかあ天下だってこってす」

左京は沈思《ちんし》黙考《もっこう》の様子である。それからおもむろに、

「ならば、怨恨《えんこん》の線はないと考えると、下手人は京太郎を盗み目的で殺したということになる。お久、この店からなくなっている物はないか」

「それは」

お久は店の中をぐるりと見回した。首を捻《ひね》りながら、

「さあ、特に」

「はっきりしないか」

「ええ、まあ、でも、人を殺してまで盗むような物がうちにあるはずがありません」

左京も見回したがお久の言葉を受け入れる気になった。文蔵が、

「骨董の世界ってのはよくわからねえが、時に思いもかけない掘り出し物があるって聞いたことがある。京太郎もそんな思わぬ掘り出し物を手に入れたんじゃねえのかい。そんな話をしていなかったか」

「なかったと思いますけど」

お久は首を捻るばかりだ。

「確かか」

「さっきも言いましたけど、あの人は道具屋を二十年もやっているのに、からっきし骨董の目利きなんてできません。それどころか、がせネタばかりを摑まされてきたんです。この前なんか源義経が小野小町《おののこまち》に出したって恋文を買わされたんですからね」

不謹慎と思ったが左京は失笑しそうになった。文蔵も俯《うつむ》いて笑いを嚙み殺している。

「すると、盗みの線も消える、いや、待てよ。銭は盗まれておらんか」

「銭……」

お久はつり銭の入った笊《ざる》を検《あらた》めた。それからしばらく笊の中をかき回していたが、

「盗まれてはおりません」

「銭でもなし。かと言って物取り、怨恨でもなし。下手人が夜中に店の中に入って来て京太郎を殺したということを考えると、通りすがりの犯行でもない」

「となりやすと」

文蔵はちらっとお久に視線を投げた。お久は口をあんぐりとさせていたがすぐに真顔になって、

「よしてくださいよ。あたしを下手人だって疑っておられるんじゃないでしょうね」

「夫婦仲はどうだったんだ。口喧嘩が絶えなかったってことを聞いたことがあるぜ」

「それは……」

「亭主は稼ぎがないって、おまえもこぼしていたじゃないか」

「……ですけど」

「おまえはいつも京太郎のことを罵倒《ばとう》していた。昨晩も喧嘩をしたんじゃないのか」

「小言を言ったりはしましたけどね」

「その小言が段々、大きくなったんじゃねえのかい」

「そんなことありませんよ」

「京太郎だって男だ。おまえに一方的に小言を並べられているうちに腹が立ち、そこ

で争いが生じて……」

文蔵の言葉を遮《さえぎ》り、

「そんなことはございません」

お久は激しく首を横に振る。

「誓ってそう言えるか」

「そりゃ、だらしのない亭主でしたけど、あたしが殺したなんて、いくら親分さんだってあんまりです」

お久は悲しみから一転、怒りで顔をどす黒く膨《ふく》らませた。左京が、

「聞き込みだ」

と、文蔵を促す。

「疑って悪かったな」

文蔵はそう言い置いて外に出た。

二

「お久のことをどう思われましたか」

文蔵はちらっと亀屋を振り返った。

「今のところは、なんとも判断のしようがないな」

いかにも左京らしい冷静、且つ慎重な物言いだ。左京が右近から雷小僧勇吉の捕縛を挑まれたことで焦りを抱いているのではないかと心配していたが、幸い杞憂《きゆう》に終わったようだ。

「引き続き、目を光らせてみやす」

「それと、京太郎が殺された理由を探らなければならん。周辺の聞き込みから始めるか」

「そうですね。こら、案外と面倒な事件になるかもしれやせん」

「そうだな」

左京は浮かない表情を浮かべた。

やはり、雷小僧のことが気になるようだ。

「雷小僧勇吉のことを気になすっておられるのですね」

「そんなことはない」

答える左京の物言いは力が入っていない。左京はそれを気取《けど》られまいとして気分を改め、

「目の前の御用に尽くすべきだ。ましてこれは殺しだぞ。ゆめゆめ手抜きなどはしてはならない」

「右近さまはどうしておられるでしょうね。啖呵を切ったからにはさぞかし張り切って勇吉を追っておられることでしょう」

「あいつのことまでは知らん」

左京は不機嫌に言うと急ぎ足となった。

結局、今日のところは成果はなかった。聞き込みを繰り返したが、得られたのは京太郎の人の好さを裏付ける話ばかりだった。

足を棒にして北町奉行所に戻り、同心詰所に顔を出した。枯れ木のように痩《や》せた男が縁台に腰掛け、憂鬱《ゆううつ》な顔をしている。筆頭同心狭山源三郎《さやまげんざぶろう》だ。

左京と目が合うと、狭山は目の前の縁台に視線を向けた。そこに座れということだろう。左京は狭山と向かい合った。

「殺し、どうだった」

「残念ながら、はかばかしい進展はございません」

左京はそう前置きをしてから京太郎殺しの経緯をかいつまんで話した。狭山はふん

ふんとうなずきながら聞いていたが、

「まあ、一刻も早く下手人を挙げよ」

「承知しました」

左京は腰を上げようと思ったが、

「ちょっと待て」

狭山に引き止められた。その表情は曇っており、何か奥歯に物が挟まったような物言いだ。左京は違和感を抱きながらも狭山の言葉を待った。

「雷小僧勇吉の追跡、おまえはしなくてよい」

「…………」

しばらく言葉が出なかった。それから生唾を飲み込んで、

「それはいかなることでございましょう」

「言葉通りだ」

「わたしは勇吉追跡から外されたということでございますか」

「外したのではない。他の役目を担ってもらいたいのだ」

狭山は左京の心情を慮《おもんぱか》ってかやんわりとした物言いだ。その気遣いがかえって左京には辛い。

「どのようなお役目にございますか」

「両国の掃除じゃ」

「掃除……で、ございますか」

「そうじゃ」

「掃除とは」

「両国橋の両側、すなわち両国西広小路、東広小路に軒を並べる床見世《とこみせ》、見世物小屋、矢場、大道芸人といった連中を締め出す」

「それはまたどのような理由でございますか」

「盛り場を潰し、両国広小路一帯を整理する」

「火除《ひよ》け地としてでございますか」

「江戸は火事が絶えん。昨年も御城が焼けた。大火の対策は急務となっておる。御奉行は御老中方から意見を求められ、両国の小屋や見世を撤去し火除け地を万全に保つことを提言なさった。撤去にはもう一つ大きな狙いが御奉行にはある。両国の風紀じゃ。三年前、御老中水野越前守《みずのえちぜんのかみ》さまの改革で一旦は風紀が厳しく取り締まられたものの、水野さまと南の御奉行だった鳥居甲斐守《とりいかいのかみ》さまの失脚で再び風紀が乱れておる」

北町奉行鍋島内匠頭直孝《なべしまたくみのかみなおたか》は南町奉行遠山左衛門尉景元《さえもんのじょうかげもと》に異常な競争心を抱いている

と評判だ。江戸庶民に圧倒的な人気を誇る遠山を妬《ねた》んでいるということだ。江戸きっての盛り場を撤去するなど、いかにも遠山へのあてこすりに思えた。

「お言葉ですが、取り立てて風紀が乱れておるとは思えません」

「おまえ、何故そのようなことがわかる」

「両国界隈の町廻りをしております」

「おまえの目には乱れておらんと映っておるのだな」

「それは……」

そうはっきりとは言えない。盛り場に風紀の乱れは付き物だ。

「ともかくだ。盛り場の小屋を撤去すべき理由を探し出すのだ、これは御奉行の命令だ」

犬のように嗅ぎ回る仕事で気が進まない。

「わたしには亀屋京太郎殺しの探索がございます」

殺しの探索を盾《たて》にするのは気が引けるが仕方ない。

「殺しの探索と同時に行うのだ。おまえならできよう」

「ですが……」

「よいか、これは命令だ」

厳しい口調で狭山は命じた。最早、逆らうことはできない。

矢場の娘、お由紀の顔が浮かんだ。矢場などは風紀を乱すものの筆頭である。すると、お由紀の矢場も撤去しなければならないのか。御用に私情を差し挟むことは許されないが、少なからぬ躊躇《ためら》いが生じた。

それと、右近。

右近は南町の同心になる前までは両国の地廻りを統括していた。夜叉《やしゃ》の右近という名は今でも両国界隈では知れ渡っており、盛り場は今も右近の手下たちが仕切っている。

となれば、右近のことだ。必ずや撤去反対に動くだろう。

「ともかく、この役目、無事にやり遂げよ」

「承知いたしました」

返事に力が入らない。

一方、狭山は左京に命じたことで気分が晴れたかのようだ。

「では」

狭山が腰を上げた時、慌しい足音が近づいて来た。同心青井《あおい》伝兵衛《でんべえ》がおっとり刀で詰所の中に入って来た。

「大変でございます」

青井は左京を一瞥《いちべつ》してから、

「元木《もとき》さんが殺されました」

元木とは元木左馬之助《さまのすけ》、臨時廻り同心である。

「殺されたのは両国西広小路でございます」

「なんじゃと」

狭山は左京を見た。それから、

「両国西広小路じゃ。里見」

「はい、では、わたしが」

左京は弾かれたように立ち上がった。

「よし、元木殺し、おまえが下手人を挙げるのだ」

「わかりました」

「わたしも」

青井もいきり立っている。

「いや、ここはわたしが行く。同心が何人も出動すれば、かえって現場が混乱するだけだ。そうであろう」

左京は後輩同心を諭《さと》すように言う。

「ここは、里見に任せよう」

狭山にも言われ、

「わかりました」

青井は引き下がった。

「ならば」

左京は全身に緊張を走らせた。


現場は両国西広小路の人込みの中だった。文蔵と共にやって来ると、

「立て続けですね」

「仕方ない」

左京は吐き捨てた。

「背中を一刺しですよ」

「短刀で一刺しか」

「元木さまが殺されなすったのはまだ日のある夕七つ（午後四時）でしたから、辺りは大勢の人出があったんですがね」

「だが、下手人を見た者はいないのだな」

「そういうことで」

「ということは」

左京は辺りを見回した。そして、火《ひ》の見櫓《みやぐら》が目に入る。

「あそこから投げたのかもな」

「なるほど、それは考えられますよ」

「確かめる」

左京は櫓に向かった。野次馬が遠巻きに眺めている。文蔵はそれらに視線を投げた。小柄な文蔵を侮《あなど》って退《ひ》こうとしない連中も、

「邪魔なんだよ」

と、どすの利《き》いた声で睨《にら》まれるとすごすごと下がって行く。

左京は梯子《はしご》で火の見櫓の中ほどまで登ったところで眼下を見下ろす。目が回る高さではないが、人の行来《ゆきき》をよく見下ろすことができた。下手人はここから短刀を投げたと考えてもいいのではないか。

そう見当をつけたところで左京は梯子を降りた。下で文蔵が待っていた。

「あそこから狙った可能性が大きいな」

左京は言った。

「なるほど」

文蔵はうなずく。

「おまえも自分の目で確かめるか」

左京は梯子の上を見上げた。

「いえ、あっしは」

文蔵はかぶりを振った。

「そうか、高い所は苦手だったな」

「そういうことで」

文蔵は頭を掻いた。

三

「下手人は短刀を投げるのが得意ということですね」

「そういうことになる」

「となりやすと、ここら辺りの見世物小屋にそれらしき曲芸の連中がおりやす。当たってみやすか」

「そうだな」

左京と文蔵は菰掛《こもが》けの見世物小屋に向かった。


それより少し前、薬研堀《やげんぼり》にある通称夜叉の家、三百坪の敷地に板塀が巡り、二階家や平屋建ての長屋が建っている。ここに右近の手下三十人余りが住んでいる。その三十畳はある大部屋に一人の男が駆け込んだ。頭を丸め、派手な小袖に色違いの羽織を重ね、真っ白な足袋を履いている。扇子《せんす》を手にしたその男は幇間の美濃吉、かつて右近の若い衆の一人である。美濃吉は牛のような大男に迎えられた。名は体を表す言葉通り、牛太郎といって若衆頭をしている。

「大変でげすよ」

と、扇子をぱちぱちとやった。

「おまえの大変は慣れっこになっちまって、ぴんとこないぞ」

牛太郎は大きな身体をもぞもぞと動かした。

「ところが、今回は一大事なんでげすよ」

美濃吉は息も絶え絶えに言う。牛太郎は顔をしかめながら、

「落ち着け」

美濃吉は扇子で自分を扇《あお》ぎながら、

「広小路の真ん中で殺しが起きましたよ」

牛太郎はさすがに姿勢を正し、

「喧嘩か」

美濃吉は扇子をぴたりと閉じ、

「それが、殺されたのは北町の同心なんですよ」

「なんだと」

牛太郎は顔を歪《ゆが》ませた。

「今、広小路は大変な騒ぎで。じきにお役人が駆けつけて来るでしょうがね」

「こうしちゃいられねえな」

牛太郎は立ち上がった。

「夜叉の親分にお報せしましょうか」

「いや、親分の手を煩《わずら》わせることはできねえ。両国の盛り場はおれたちが守るんだ。行くぞ」

牛太郎は美濃吉を伴って夜叉の家を飛び出した。

牛太郎は現場に着くや、

「こら！　見世物じゃねえぞ」

と、辺りに群がる野次馬を蹴散らした。

「この同心に見覚えはあるのか」

牛太郎は美濃吉に聞く。

「さあ」

美濃吉はおっかなびっくりといった様子である。

「背中の短刀はどうだ」

「わかりませんね」

「よし、ちょいと辺りを聞き込んでみるか」

「合点でげす」

美濃吉は大きくうなずく。

左京と文蔵は元木の亡骸をひとまず近くの番屋まで運んだ。半時程で元木の妻が駆けつけて来た。憔悴の色が濃く放ってはおけない。

「おまえは、見世物小屋を当たってくれ。わたしは」

左京は元木の妻佳苗《かなえ》の相手をすることを言い添えた。文蔵は無言で佳苗に頭を下げてから番屋を出た。

元木の亡骸は短刀が抜かれ、小上がりの畳の上に寝かされていたが、佳苗はしばらく呆然とそれを眺めていた。その目に涙はなかったが、眺め下ろしたまま、身じろぎもしない。

「このたびは」

左京が悔やみの言葉をかけようとしたのを、

「誰に殺されたのですか」

佳苗が発した初めての言葉だった。

「それは、これからです」

左京は言ってから自らの名を告げた。佳苗はそれを受け、

「どこで殺されたのですか」

「この近く、両国西広小路です。まだ、殺されて一時と経っておりません」

「では、七つ頃ですね」

佳苗は落ち着いた口調である。亭主の死を悲しんでいないというのではなく、それ

よりも下手人に対する憎悪が激しいのかもしれない。

「そういうことになりますね」

「主人は、どうして両国などに出向いていたのでしょう。御用に関わることですか」

「元木さんは臨時廻り、特に町廻りの持ち場があるわけではなし。その都度の御用向きによりまして、廻られる所が異なります」

「主人はこのところどのような御用に関わっていたのですか」

「それは……」

左京は口ごもった。

「御奉行所の探索に関わることで教えていただけませんか」

「探索は探索ですが、かまいません。今、世間を騒がせておる雷小僧勇吉の探索です」

「大名屋敷や旗本屋敷に限って盗みを働いているという盗人でございますね」

「その通りです」

「では、勇吉は両国界隈に潜んでいるということですか」

佳苗は至極もっともな考えを示したのだが、左京ははっとした。

——そうだ——

元木は勇吉一味を追って両国西広小路までやって来たのかもしれない。こんな時刻にわざわざ両国に足を運んだという事実がそのことを物語っているような気がする。

とすると、元木を殺したのは雷小僧勇吉。

しかし、勇吉はこれまでに人を殺したり、怪我を負わせたことはない。

だからといって、絶対に人を殺《あや》めないとは限らない。これまでは追い詰められたことがなかったのだ。それが、今回元木に追い詰められたことで逆襲に転じたとしてもなんら不思議はない。

「どうなのです」

じっと黙り込んだ左京を佳苗は責めるような口調になった。

「それはまだこれからということです。元木さんが果たして勇吉を追って両国まで来たのか、そこから調べなければなりません」

「一刻も早く下手人を挙げてください」

「むろんそのつもりです」

「本当に頼みます」

そう言った時に初めて、佳苗の目に涙が光った。

改めて左京は元木の亡骸に向かって両手を合わせた。正直言って、元木とはあまり接触がなかった。臨時廻りは練達の定町廻りから選ばれる。いわば、第一線を退いた者の役目である。元木は五十過ぎ、臨時廻りになって八年だ。

時折、奉行所や八丁堀の組屋敷界隈で顔を合わせることがあったが、挨拶をするくらいだ。

佳苗は懐紙で涙を拭い、

「主人はわたしの口から申すのもなんですが、それはまじめ一方の人でした。家にいる時もお役目のことばかりを考えていて、ろくに口も利いてくれませんでした。主人にとりまして、御用は生き甲斐であったのです」

「見習わなければと思います」

「失礼しました。主人の自慢をしてしまいました」

言葉通り佳苗は恥じ入るように目を伏せた。

左京はふと、

「元木さん、最近は帰りは遅かったのですか」

「その日によって違いました。遅い時は五つ（午後八時）を廻ることもありました」

「どこで何をしていたなどとおっしゃらなかったのですね」

「まったく話しませんでした」

奉行所にも元木はあまり顔を出すことはなかった。筆頭同心狭山も自分よりも先輩同心である元木には気兼ねして、一々報告を求めることはなかった。

従って、元木がここのところ、何処で何をしていたのかを知る者は奉行所にはいない。雷小僧勇吉の尻尾を掴んだとしても、その情報を共有する者はいないということだ。

「元木さんは一匹狼だからな」

狭山がそう評していたのが思い出される。こうした時にはやはり単独行動というのは困りものだとつくづくと思う。

佳苗ははっとしたように顔を上げ、

「そういえば、主人、あれは一昨日の晩のことでした」

「どうしました」

「布団の中で主人は、近々、楽しみなことがあるぞ、と申したのです」

「楽しみなこと……」

「そうです。そんなことを言うのはあの人には珍しいことなのです。それで、楽しみなこととはどんなことだと聞き返したのです。ですが」

佳苗の言葉が聞き取れないくらいに弱々しくなった。

「具体的には話されなかったのですか」

「はい、そう言ったきりです。わたしは大きな手柄を立てるのだろうと勝手に思いまして、それで、問い質《ただ》すのもはしたないと思いました」

「なるほど」

「それが、昨日、簪《かんざし》を買って来たのです」

佳苗は髪に挿していた瑪瑙《めのう》の玉簪を抜き取った。安くはなさそうだ。

「それを、元木さんが」

「いささか戸惑いました」

佳苗は言った。

四

「ほう」

左京はしげしげと簪を眺めた。

「元木さんは折にふれてこのような土産《みやげ》を買ってこられたのですか」

「いいえ、夫婦になってから数える程しかございません」

「すると、よほど楽しみなことがあったのですね」

「ですから、きっと、勇吉探索がうまくいっているのではと思ったのです」

「勇吉を挙げて、御奉行から褒美を得るということを申されたかったのですか」

「主人はそう思っていたのかもしれません」

「それで、両国までやって来た。両国に楽しみなことがあるということですね」

「考えられることはそれしかございません」

「わかりました。それだけ聞けば、下手人探索に大いに役立つというものです」

佳苗はふうっとため息を洩らした。

「では、わたしは早速」

左京は丁寧に頭を下げ、番屋を出た。出たところで、文蔵が大きな男と幇間を伴って待っていた。二人のことは知っている。

右近の子分、大きいのは牛太郎、幇間はなんという名前だったか。すると、

「里見の旦那ですね」

牛太郎が言った。左京は無言でうなずく。文蔵が、

「こいつら、あっしらが駆けつける前に元木さま殺しの下手人探しにあちこち走ってくれたんでさあ。さすがは、右近さま仕込みということで」

美濃吉は扇子をぱちぱちとやりながら得意げな表情である。

「そうか」

左京は不愉快そうに顔を背《そむ》けた。牛太郎は縄で縛り上げた男を左京の目の前に突き出して、

「旅芸人一座の芸人で熊吉《くまきち》といいます」

熊吉はひょろっとしたいかにも身軽そうな男だった。

「両国東広小路の見世物小屋で大神楽《だいかぐら》をやってます。得意なのは短刀投げということでして。こいつが使っていた短刀とお役人さまの背中に突き立てられていた短刀が似てましてね」

牛太郎が言うと熊吉は横を向いている。

「しかと、相違ないか」

左京は熊吉に鋭い視線を向けた。

「身に覚えがござんせん」

熊吉は人を食ったようにぺろっと舌を出した。

「ふざけるんじゃねえぞ」

牛太郎が怒鳴ったが、

「知らねえものは知らねえんだよ」

熊吉はわめくばかりだ。文蔵が、

「大番屋にしょっ引きますか」

「勘弁してくれよ」

熊吉は抗《あらが》うばかりだ。

「往生際が悪いでげすよ」

美濃吉が扇子で熊吉の額《ひたい》を小突《こづ》く。

「やってねえもんはやってねえ」

熊吉はわめくばかりだ。

文蔵は左京の了解を得て、大番屋への護送の手続きをした。熊吉は駕籠《かご》に乗せられ町役人に伴われて南茅場町《みなみかやばちょう》の大番屋へと向かった。

文蔵が、

「すまなかったな」

「いいってことですよ。明日また、聞き込みをしましてね、熊吉の仕業という裏を取りますから」

牛太郎は気分良く返事をする。

「夜叉の親分に見せたかったでげす」

美濃吉は調子よく言った。

左京は踵《きびす》を返し番屋に入った。

「下手人と思《おぼ》しき男、捕縛しました」

左京は佳苗に言った。

佳苗は顔を輝かせ、

「雷小僧勇吉だったのですか」

「それはこれからです」

あの熊吉という男が雷小僧勇吉なのか、はたまたその仲間なのか。

それはわからない。

「とにかく、早速捕らえていただきまして、主人の無念も少しは晴らせたというものです」

佳苗は丁寧に頭を下げた。

「どうぞ、お手を挙げてください」

左京は改めて元木の亡骸に向かって合掌した。

翌十三日の朝、左京と文蔵は南茅場町の大番屋で熊吉の取調べに当たった。熊吉は土間に縄を打たれて正座をさせられた。相変わらず不貞腐《ふてくさ》れたように横を向いている。

「おい、おい」

文蔵は熊吉の前に立った。

「なんだ」

熊吉が返すと、

「てめえ、いい加減にしろ」

文蔵は熊吉の着物の襟を摑んだ。そこへ、

「もう、よい」

左京の落ち着いた声音で取調べが行われた。

「熊吉、おまえが火の見櫓に登ったのを何人も目撃しているんだ」

「ふん」

「短刀を投げるのを見た者までいるんだぜ」

これは文蔵のはったりである。

「知らねえ」

「それだけじゃねえ。おまえと元木殿が一緒に歩いているところを目撃もされているんだぜ」

ここで文蔵はどすの利いた声で睨んだ。

「それは……」

熊吉は言葉に詰まった。

その様子を見逃す左京ではない。

「しかと目撃されておるのだ」

「へい」

熊吉は首をすくめる。

左京は一呼吸置いてから、

「元木さんを殺したな」

それは平穏な口調ながら有無を言わせない迫力に満ちていた。

「すみません」

熊吉は頭を垂れた。

「よし、ならば、尋ねる。何故殺した。雷小僧勇吉」

これは左京が鎌をかけたものだ。熊吉はぽかんとしていたが、

「雷小僧勇吉がどうしたのですか」

「おまえ、勇吉ではないのか」

「冗談じゃありませんや」

熊吉はかぶりを振る。

「ならば、何故、元木さんを殺したのだ」

「それは」

熊吉はここで思わせぶりな笑みを浮かべた。

「なんだ」

左京はその表情に不快感を募らせた。

「これですよ」

熊吉はサイコロを振る真似をした。

「博打か」

「そういうこって。元木の旦那はおれが出入りしている賭場《とば》をかぎ当てて、強請《ゆす》ってきたんですよ」

「嘘を申すな」

「嘘じゃござんせん」

熊吉は大真面目だ。

「元木さんが強請りなんぞ働くはずがない」

「そんなことござんせん。あの旦那、すっかり味をしめていましたぜ」

するとと文蔵が、

「口から出任せを抜かしやがって」

「出任せじゃござんせんや。元木の旦那のことを調べれば、色々と出てきますぜ。このところ、妙に懐具合がよくなったって、そんな評判を聞きつけるに違いねえ」

「いい加減なこと言うな」

文蔵は言ったが、左京の脳裏には佳苗の簪と佳苗が話した元木が近々楽しみなことがあるという言葉が思い出される。それは、勇吉の尻尾を掴んだのではなく、熊吉が出入りしている賭場を見つけたということなのかもしれない。

「ま、調べればわかりますよ。北の御奉行所にもとんだ悪徳同心がいたもんだってね。あっしを獄門に送るのはかまわねえが、そのへんのところも明らかにしてくださらねえことには、御上のご威信に関わるんじゃござんせんかね」

「生意気を言うな」

文蔵は頭ごなしに怒鳴ったが、左京の表情は曇ったままだった。

熊吉は横を向き、

「余計なことに首を突っ込むからだよ」

と、小声で吐き捨てた。即座に、

「余計なこととは何だ」

左京が問い質すと熊吉ははっとしたようにかぶりを振り、

「で、ですから、博打のことですよ」

それはいかにも不自然な対応ぶりだった。

「そうではあるまい。おまえ、何か隠しておるな」

「そんなことござんせんよ」

熊吉はそれから貝のように口を閉ざした。

――何かある――

左京はそう確信した。

# 第四章　盗まれた雪舟

## 一

同じ十三日の昼下がり、右近は本所回向院《えこういん》裏にある小里の屋敷に出向いた。

禄高五千石、三河以来の名門旗本、当主は代々番方《ばんかた》の役職を担ってきたとあって三千坪の堂々たる屋敷だ。長屋門にはいかめしい顔をした番士が二人、往来を睨んでいる。

番士に訪《おとな》いを入れるとすぐに御殿の客間に通された。

質実剛健を旨とする、番方の役職を累代に亘《わた》って務める家柄とあって、華麗さはないが清潔に保たれた座敷だ。対照的に庭は紅葉が鮮やかに色づき、黄落した銀杏《いちょう》が地べたに斑《まだら》模様を描いていて、しっとりとした風情を漂わせていた。

男は用人村野健次郎《むらのけんじろう》と名乗ってから、

「内与力山本殿のお話では、貴殿が辰次とか申す男に贋作を承諾させに行かれたとか」

と、勢い込んできた。右近は首を横に振り、

「頼みの辰次は贋作を断りました」

「そ、そんな」

村野は畳にへたり込んだ。それから上目遣《うわめづか》いとなり、

「礼金に不満を抱いておるのでござるか」

「そうではございません。辰次にはいくらやるという話にはなりませんでした。そうなる前に断られたのです」

「すると……」

村野は理解できないというように視線を揺らした。

「辰次は、もう贋作には手を染めないと申しました」

「まさかそのようなことを……」

「いくら大金を積まれようが、辰次には贋作をやる気はないそうです。もう、足を洗ったと申しておるのです」

「ただの一作だけでござるぞ」

「それがどうしても嫌だと申しておるのです」

村野はしばらく唇を嚙んでいたが、

「そこをなんとか貴殿から説得願えまいか」

「わたしにはできませんな」

右近は大きくかぶりを振る。

「そんなことを申されるな」

村野は言いながらごそごそと袖を探り紙入れを取り出した。それから二分金を二枚取り出し、

「些少《さしょう》でござるが、手間賃ということで」

と、満面に笑みをたたえて差し出す。

「いりません」

右近は押し戻した。

「不足でござるか」

「そういうことではありません」

右近は声を大きくしたが村野には通用せず、

「もちろん、贋作ができた暁《あかつき》には相応の礼をしたいと考えております」

村野のいかにも人を見くびった物言いにいささか、いや、大いに腹が立った。

「見損なっては困る」

右近は大きく顔を歪め不快感を露《あらわ》にした。ここでようやく村野も、

「これは御無礼した」

と、愛想笑いを引っ込め、憮然として二分金を紙入れに戻した。それから上目遣いに、

「では、当屋敷にお越しになったのはいかなるわけでですかな。まさか、辰次なる男が贋作をやらぬということの報告と申されるのではなかろうな」

今度はいかにも小馬鹿にしたかのような物言いだ。右近は胸を張って、

「それもございますが、それよりは盗まれた雪舟の掛け軸の探索です」

「はあ」

村野はきょとんとしている。

「掛け軸を探し出すのです」

「雷小僧勇吉が盗んだものですぞ。勇吉のことは貴殿ら町方で探索しておられましょう。それが尻尾すら摑まえられないのではないか。それゆえ、当家は贋作に頼ろうとしておるのですぞ」

村野はまるで町方に責任があるかのような物言いだ。

「だから、探索をするのです」

「なにも当家を調べなくともよいではないか」

「これを足がかりにしたいと思うのです」

「当家をでござるか」

村野は渋面《じゅうめん》を作った。

「そうです」

右近は顔を突き出す。

「それは、いささか」

「迷惑と申されるか」

「それはまあ」

「勇吉探索がなかなか進まないのは、盗みに入られたお大名やお旗本が協力的ではないからなのです。ここは、是非とも御当家にご協力願いたい」

「そんなことを言われましてもな」

村野は顔をしかめるばかりだ。

「これはしたり。困った時は町奉行所を頼られ、それがうまくいかなかったとなると知らん顔ですか！」

右近は声を張り上げた。

「声が大きかろう」

村野は両手を上下にばたばたと動かした。

「声がでかいのは地です。いくらでも大きくなりますぞ」

右近は畳み込む。

「わかったわかった」

村野は渋々承知した。

「ならば、まずは、盗まれた現場から見させてもらいましょうか」

「こちらでござる」

村野も腰を上げてから、

「申しておきますが、ごく内密に調べをしてくださいよ」

「わかっております！」

その返事がまた大きな声だ。村野は尚も注意をしようとしたが、無駄だと思ったのか黙って案内に立った。

右近は村野の案内で御殿の裏手にある土蔵の前に立った。土蔵は三つ建ち並んでいる。真ん中の蔵に掛け軸は納められていた。扉には南京錠が掛かっており、村野は鍵を使って開けた。

「さ、こちらですぞ」

「では、御免」

右近は足を踏み入れた。中には千両箱や銭箱があり、壺、甲冑《かっちゅう》、太刀《たち》などが飾ってある。

「なかなかのものでござるな」

右近は甲冑に手を触れようとした。たちまち村野の叱責が飛ぶ。

「触れないでくだされ」

右近は背筋をぴくんとさせ、

「ああ、びっくりした」

「この甲冑は畏れ多くも、わが小里家の主光安《みつやす》さまが神君家康《いえやす》公の下で戦場を駆け回っていた頃に身につけた大事な甲冑」

「なるほど、時代がついていますな」

右近はしげしげと眺めた。

「いかにも、わが家の家宝じゃ」

「こら、すげえや」

右近は見ているだけで血が騒いだ。それからおもむろに、

「この壺は」

と、青磁の壺を眺めた。

村野はこほんと空咳をしてから勿体《もったい》をつけて、

「由緒ある壺と申したいのですが、これは実を申すと大して値打ちはないものでござる。ここにある財宝というもので値打ちがあると申さば、この甲冑、それから一振りの太刀」

村野は横に飾ってある太刀を指差した。鞘《さや》に黄金の装飾が施され、いかにも値が張りそうだ。

「これも光安さまがお使いになっておられたものですか」

「神君家康公より拝領した太刀でござる」

村野は胸を張った。

「ほう、それは」

「代々、番方のお役目を担う小里家にとりましては、まさしく誉れの太刀でござる」

村野の自慢も鼻にはつかなかった。なるほど、小里家にこれほどふさわしい宝はないだろう。

「で、掛け軸はどこにあったのですか」

右近は辺りを見回した。

村野は棚に向かって歩いた。

「ここでござる」

村野の案内で右近も側に立つ。

そこには掛け軸が数幅置いてある。

「見てもよろしいか」

「かまいません。いずれも値打ちのないものばかりでござる」

「ならば」

そのうちの一つを広げる。水墨画である。どこか、唐土《もろこし》の山峡を描いたようだ。

「これは見事な」

「ご冗談を」

村野は鼻で笑う。

「これも名のある絵師の描いたものではないのですか」

「違います。町方の道具屋にでも置いてあるような代物でござる」

「わたしの目にはさっぱりわかりませんな」

「そうであろうて。実はわたしもだ」

村野はにんまりとした。右近は首を捻《ひね》りながら、

「骨董というものは目利きが必要です。すると、雷小僧勇吉、もしくはその一党はよほどの目利きということでしょうか」

「そうなのでござろうよ」

村野はまたしても渋い顔だ。

「掛け軸は全部で十ほどもある。それらを一々調べて持って行ったのですか。他に盗まれたものはありませんか」

「雪舟の掛け軸だけだ」

「ふ〜ん」

右近は考え込んだ。

「ご不審かな」

「どうしてそれが雪舟の掛け軸とわかったのでしょう」

「それは有名な掛け軸だからだ、雪の金閣寺だな」

村野は事もなげだ。確かに山本も有名だと言っていた。

二

「ほう、そんなにも有名ですか」

「それはもう、何せ、わが殿が十一代家斉公の御前にて行われた剣術試合で優勝した際、そのあまりの見事な腕に感嘆なさり、家斉公手ずから下賜なさった掛け軸」

「武芸者に掛け軸ですか」

右近の疑念を皮肉と受け取ったのか村野はむっとして、

「殿は武芸ばかりか茶の湯も達者なのだ」

「それは失礼申しました。では、その掛け軸は小里さまが所望《しょもう》されたのですか」

「そういうわけではない。あくまで、家斉公の御好意であった」

「なるほど。家斉公もそのようなお宝を下賜なさるとは、よほど小里さまの強さに感心なさったのでしょう」

「いかにも」

村野は自慢げにうなずく。

「すると、その掛け軸の骨董的な値打ちというものは、骨董屋であれば知らぬ者はおりませんな」

「そうでしょうな」

「そして、御当家にその掛け軸があることも知られた事実ということですな」

村野は黙って首を縦に振った。

「雷小僧勇吉が見逃すはずはないということですか」

「そういうことでござる」

「勇吉は予《あらかじ》め雪舟の掛け軸に狙いをつけて押し入ったということか……。しかしなあ」

右近は首を捻った。

「いかがされた」

「わたしなら、あの太刀を見逃すものではないのだが」

右近は甲冑の横に置いてある黄金の装飾が施された太刀の前に立った。

「これは、神君家康公から下賜された太刀でございましょう。これこそまさに小里家の宝ということではありませんか」

「それはそうだが」

村野は横を向いた。右近の追及から逃れるような態度だ。

「わたしなら、迷うことなくこれを奪う。こんなに目立つのです。わざわざ、掛け軸を探さなくてもすぐに目に飛び込んでくるのではありませんか」

右近は言いながら太刀を持ち上げ、はらりと鞘から抜き放った。

「な、何をするのです」

たちまち村野が気色ばむ。

「ちょっと、見せてくださいよ。こんな太刀、滅多にお目にかかれない」

右近は村野の抗議など何処吹く風、涼しい顔で太刀の輝きを見上げた。実のところ、太刀はぼろぼろに錆びついているのではないかと疑った。それ故、勇吉はこの太刀を歯牙《しが》にもかけなかった。そう思って抜いてみたのだが、

「この反り具合、刃文、まことに見事でござるな」

まさしくため息が出るような逸品である。

「歴代の小里家当主によって大事に受け継がれてまいったのです。殿も入念な手入れを怠っておりません」

「そうでしょうな」

右近は鞘に戻した。

「では、よろしいな」

村野は一刻も早く土蔵から出たいようだ。右近はそれを聞き流し、

「すると、益々わからない。勇吉は何故これを見逃したのでしょうな」

「盗人の気持ちはわからんが、おそらくは、金にならないと踏んだのではないか。雪舟の掛け軸ならば、いくらでも買い手がおろう。しかし、太刀となると売り捌《さば》くのに苦労するのではないかな」

「そういうもんですかね。神君所縁《ゆかり》の太刀ですよ。買い手に事欠くとは思えませんが」

「勇吉はこの太刀を神君所縁の太刀とは知らぬであろうから、勇吉の目から見れば単なる太刀としか映らなかったのではないかな」

「そういうことにしておきますか」

右近は皮肉交じりだ。

「なんだ、その物言いは」

「深い意味はござらん。それより、勇吉はどうやってこの土蔵に忍びこんだのですか。見たところ、どこも破損した跡はない」

「さて、盗人のやり口などとんと見当がつかぬ」

「合鍵を用意したか。それとも、針金のようなもので開けたか。雷小僧勇吉の一味に

は、手口から見て錠前外しの名人がいるということですからな」

「おわかりならば、拙者に尋ねなくてもよろしかろう」

村野はむっとした。

「まあ、そうおっしゃるな」

右近は声を放って笑った。

「まったく、がさつな御仁《ごじん》だ。遠山さまがそなたのことを買っていなさると聞いたが」

村野はここで口をつぐんだ。

「とんだ眼鏡違いとおっしゃりたいのかな」

村野は渋面を作り、

「もう、よろしかろう」

と、右近を追い立てるようにして蔵から表に出た。右近もこれ以上中にいても成果はない。村野に続いて表に出る。

すると、若い娘の弾んだ声が聞こえた。声の方を見ると、鮮やかな着物に身を包んだすらりとした身形の娘が若い侍と楽しげに語らっている。右近の視線に気がついた村野が、

「菊代《きくよ》さまでござる」

と、右近の耳元に囁いた。

「ああ、あれが、公方さまのご側室にと白羽の矢が立った姫さまですか」

「声が大きい」

村野はいかにも不快げに右近を見る。

「これは失礼しました。なるほど、見目麗《うるわ》しき姫さまでございますな」

「じろじろ見てはならん」

「いいじゃありませんか、公方さまのご側室などめったにお目にかかれませんからな。ところで、隣におられる若いお武家はどなたさまですか」

「大番組の組頭伊能伊周《いのうこれちか》さまでござる」

「ほう、お父上の配下の方ということですか」

「いかにも」

「ずいぶんと親しげでござるな」

「まあ、それは」

村野は曖昧《あいまい》に口ごもった。それから、

「では、そろそろよろしいな、早々にお帰りなされ」

村野は露骨に右近を追い出しにかかった。

すると、

「殺しなさいと申したでしょう」

菊代の甲走《かんばし》った声がした。あまりに物騒なその言葉に様子を窺うと、犬をつれた下男を菊代が叱責している。その犬が菊代を噛んだようだ。そのため菊代は犬を殺せと命じたのだが下男は命令に従わなかったらしい。下男にしてみたら殺すに忍びないのだろう。

「殺さなかったらおまえ、ただでは置きませんよ。たかだか犬一匹始末できないでどうするのです」

それは感情の籠もらない背筋がぞっとするような冷ややかな物言いだった。物言いだけではない。表情も動かず能面のようだった。伊能と語らっていた明朗さは消えていた。その伊能は横で知らん顔を決め込んでいた。

村野が取り繕うように空咳を連発し右近を急《せ》かした。

「わかりましたよ」

右近は裏門へと向かった。村野もついて来る。

「とにかく、あまり日はないのでござる。雪舟の掛け軸、何卒よろしくお願い申す」

「承知しました」

右近は力強く請け負った。しかし、成算があるわけではない。空元気で返事をすると裏門から外に出た。菊代の表裏のある顔が強烈に印象付けられた。

さて、どうするか。

勇吉一味の後を追う。町奉行所では一味の巣窟《そうくつ》として狙いをつけた江戸市中にある宿、無人の寺、空き屋敷などを徹底的に廻っている。今のところ、成果はない。

一味はこれまでにどれくらいの骨董品を奪い去ったのか。実のところわかっていない。大名や旗本は体面を重んじていて正直に申告することがないからだ。

どうしよう。

当てもない。右近はしばらく立ち止まりあれこれと考えてみたが、良い思案が浮かばず、

「ま、くよくよしていても仕方ねえか」

言いながら歩き出した。

右近は回向院裏からまっすぐ両国西広小路にやって来た。

やっぱりここが一番落ち着く。やたらと人が行き交い、雑多な店が建ち並ぶ忙しい

空間なんだが、ここが自分の故郷とさえ感じるのだ。

　お由紀の矢場までやって来た。

「よお」

「右近さま」

　お由紀は弾んだ声をかけてくれる。店には数人の客が弓を引いていた。

「相変わらずの繁盛だな」

「そうでもございませんよ。そうだ、聞きましたか」

「何を」

「昨日、北の御奉行所の同心さまが殺されたんですよ」

「そうなのか」

　まさか、左京ということはあるまい。

「それで、あの、里見さま、右近さまのお兄さんが下手人を捕らえたのです。頭《かしら》や美濃吉さんの手助けが役に立ったのですよ」

「どんな奴だった」

「旅芸人の一座、曲芸をやっている男です」

「どうして殺したんだ」

「そこまではわかりません」

「なら、牛太郎に聞いてみるか」

と、言ったそばで、

「いよ、夜叉の親分」

美濃吉が扇子をぱちぱちと鳴らしながらやって来た。

「おう、おめえ、手柄だってな」

「そうでげすよ」

どうやら美濃吉はそれを自慢したいようだ。

「飯でも食うか」

「お相伴《しょうばん》に与《あずか》ります」

美濃吉はにんまりとした。

三

二人は広小路の横丁にある一膳飯屋に入った。

「秋刀魚《さんま》でいいな」

右近は秋刀魚を二つ注文した。

「同心殺し、どういう経緯だったのだ」

「それがでげすよ」

美濃吉は北町奉行所の臨時廻り同心元木左馬之助殺しの経緯を話した。

「なるほど、そんなことがな」

右近は顎を掻いた。

「親分にお報せしようと思ったんですがね」

「いや、しなくてよかった。話がややこしくなるからな」

兄の左京と衝突することの愚を考えた。

「で、その旅芸人はどうして同心をやったんだ」

「噂ではそいつは賭場に出入りしてましてね、そのことで元木さまに脅されていたそうなんです」

「それでやっちまったのか」

「そういうことで。まったくしょうがないやつでげすよ」

言った時に秋刀魚が運ばれて来た。脂がたっぷりと乗り真っ黒に焼け焦げた秋刀魚は香ばしい香りを放ち、いかにも食欲をそそった。

「さあ、食え」

右近は秋刀魚に箸をつけた。美濃吉もうれしそうな顔で食べ始めた。身を解《ほぐ》しながら、

「今、嫌な噂があるんですよ」

「なんだ」

右近は口に飯を頰張ったまま問いかける。

「北町が両国広小路にある床見世《とこみせ》や見世物小屋、矢場なんかを撤去しようとしているんです」

「なんだと」

これには右近も箸が止まった。

「噂ですけどね」

「どうしてそんなことをするんだ」

「大火に備えて火除け地を整えるってことですけど、北の御奉行鍋島さまが南の御奉行遠山さまに対抗して盛り場の小屋撤去に動き出した、なんて噂です」

「だけど、そんなことで庶民の楽しみを奪っては、かえって鬱屈したものが溜まるんだけどな」

「親分、なんとかしてくださいよ」

「もちろん、北町がそんな動きを見せたのならおれは黙っていねえ」

「さすがは、夜叉の親分だ。頼もしいや」

「おだてるな」

「親分はおだてた方が本領を発揮なさいますからね」

「単純だって言いたいんだろ」

二人はひとしきり笑った。それから右近は真顔になり、

「しかし、聞き捨てにはできんな。ひょっとして、元木殺しをきっかけに北町は動き出すかもしれねえぜ。やったのは両国東広小路で興行を打っている旅芸人なんだろ。それが同心を殺したとあってはただじゃすまねえ。不届き極まる盛り場だって因縁をつけてくることは十分に考えられる」

「そうきますかね」

「格好の口実にするだろうぜ」

「でも、元木って同心は博打のことで揉《も》めていたんでげすよ。それが明るみに出たら北町だってうまくないでげしょう。現職の同心が強請りを働いていたなんて」

「確かにそうなんだがな」

右近は言いながら飯を口に運ぶ。それから、

「旅芸人のところに案内しな」

と、腰を上げた。

「今からですか」

美濃吉はむせた。

「早くしろ」

右近に急かされ、美濃吉は茶で飯を飲み込みながら立ち上がった。

「本当にせっかちなんだから」

「それがおれの好いところだ」

「そうですかね」

美濃吉はぶつくさ言いながらも案内に立った。

二人が雑踏に紛《まぎ》れるとあちらこちらから、

「親分」

とか、

「お帰りなさい」

という声がかかる。そう声をかけられてみれば悪い気はしない。右手を上げて歓迎

の声に応えながら意気揚々と歩いた。

旅芸人の小屋は両国橋を渡り、雑踏を抜けて回向院《えこういん》の門前にあった。

入口の菰が閉じられ今日は休みになっている。同心殺しの下手人が出たとあって小屋を開けることはできないのだろう。

右近は裏手に廻った。そこに数人の男たちがたむろしている。一座の者たちのようだ。

「座頭《ざがしら》はいるか」

右近は声をかける。

一人が菰を捲って中を覗き、

「お頭」

と、呼ばわった。

すぐに出て来たのは派手な小袖と肩衣《かたぎぬ》に身を包み、手拭いを吉原かぶりにした小柄な男だ。男は右近を見て、

「旅芸人花輪瓢助《はなわひょうすけ》一座の座頭花輪瓢助でございます」

瓢助は丁寧にお辞儀をした。

「とんだことになったたな。小屋はいつ再開できるのだ」

「御奉行所からは、いつとは連絡がきておりません」

「おれは北町じゃなくって南町の同心なんだ」

右近は名を名乗った。瓢助は戸惑いの表情を和らげることはなく押し黙った。

「ちょっと、話を聞かせてくれ」

「はい」

瓢助はおどおどしながらもはっきりと首を縦に振った。

「北町の同心を殺した熊吉という男」

途端に瓢助が不愉快そうに顔を歪ませた。

「あいつのお陰で、ご当地で芸が披露できなくなりました」

瓢助はいかにも無念そうだ。

「博打に入れ込んでいたと聞いたが」

「熊吉、いい腕をしているんですがね、どうも博打に目がないってのが玉に瑕、いや、命取りになりました。旅を続ける先々で賭場に出入りしておりました」

「この界隈では何処の賭場だ」

「知りません」

瓢助は言ってから付け加えるように、関わりになりたくなかったから見て見ぬふりをしていたことを言い添えた。

「そうか、困った奴だな」

言いながら右近は美濃吉を見た。

「あたしが困った男でやんすか」

美濃吉は扇子で額を打つ。

「おまえのことじゃないよ」

「それは失礼しました」

すると、瓢助は大真面目な顔で、

「あの、わたしたちはどうなるのでしょう」

「心配するな」

言ったものの、例によって確信があるわけではない。

「そうでしょうか」

瓢助はすっかり意気消沈している。見かねたように美濃吉が扇子をぱちぱちやりながら、

「親分、いや、景山の旦那に任せておけば大丈夫でげすよ。大船に乗ったつもりでいらっしゃい」

右近は一座の者たちが芸の修練に尽くしている姿を見て、

「おまえたちは真面目に芸道を行っているようだ。小屋の評判もよいと聞く」

「お客さまに喜んでいただけるような芸を行うのがわたしらの仕事と思っております」

瓢助は真摯《しんし》な眼差しを右近に向けた。

その目に偽りはなさそうだ。

「そうだ、ちょっと見せてくれないか。ほんの触りでいいんだ」

右近は俄然興味が湧いた。

「よろしゅうございます」

瓢助の指示で芸人たちは動き出した。一人が傘を持つ。そこへ、もう一人が鞠《まり》を放り投げた。

鞠はころころと傘の上で転げる。その動きは見ていて心地良い。

「ほうい」

芸人は鞠を頭上高く放り投げた。鞠は青空に吸い込まれていく。続いて、一升枡《ます》が放り投げられた。芸人はこれも鮮やかな手つきで傘の上で回す。

これも見事なものだ。

続いて二人が向かい合ってお手玉をやり始めた。二人の間で色鮮やかなお手玉が遣り取りされる。小鳥の鳴き声がそこに重なって長閑《のどか》な初冬の昼下がりである。

それが、お手玉が短刀に代わることによって微笑ましい雰囲気から一変、一気に緊張の度合いが濃くなった。

右近は瓢助に、

「熊吉はどんな芸を披露していたのだ」

「短刀投げでございます」

「どのようにする」

「一人が板に磔《はりつけ》になったような格好で立ちます。そこへ、熊吉が短刀を投げるのです」

短刀は立っている人間の脇すれすれに突き刺さるという。

「そらすげえや」

美濃吉は扇子をぱちぱちと開いたり閉じたりした。

「なるほど、それができれば同心殺しも可能ということか」

右近は得心《とくしん》がいったようにうなずく。

「そんな腕を持ちながらとんだことに使ってしまって」

瓢助はため息を洩らした。

「いいものを見せてもらったな」

右近は紙入れから二分金を一枚取り出し、瓢助に渡した。瓢助はそれを押し頂きながら受け取った。

四

右近は美濃吉と一緒に瓢助の小屋を離れた。離れたところで、

「どう、思った」

右近は美濃吉に向き直った。

「見事な芸でげした」

美濃吉はきょとんとなりながら答えた。

「馬鹿、そんなことじゃねえよ」

右近に顔をしかめられて、

「何か不審なことでもあったかってことでげすか」

「そういうことだ」

「それは」

美濃吉は腕を組んで難しい顔をした。

「どうした」

「いえ、うまく言えませんが、なんだか変な連中ですね」

「そう、思ったか」

「ええ」

「どういうところだ」

「なんて言いますか。その、妙に落ち着いているっていいますかね。仲間が殺しでお縄になっちまったっていうのに、少しも慌てていませんでしたからね。どうしたんです」

美濃吉は右近の顔を覗き込んだ。

「いや、おれもそこが気になったところだ」

「何かあるんですかね」

「う〜ん」

右近は思案に暮れた。美濃吉は右近の言葉を待っている。

だが、

「わからんな」

美濃吉はがっくりとなった。それから、

「で、一座はどうなるんでしょうね。お咎めを受けるんですか」

「そうなるだろう」

「災いは両国の盛り場全体にも及ぶのでしょうか」

「わからん。わからんが、牛太郎にもよく言っておけ。盛り場で北町に突っつかれるような不正、騒ぎを起こさないよう目を光らせていろってな」

「合点でげす」

美濃吉は珍しく大真面目な顔になった。

その少し後、左京と文蔵は瓢助一座を訪ねた。文蔵が菰を捲り、

「座頭の瓢助はいるかい」

すぐに瓢助は表に出て来た。そして、左京の顔を見て、

「あの、まだ何かございますか」

「まだって、まだ何も聞いちゃいねえぜ」

文蔵が言ったが瓢助はきょとんとしながら、

「だって、今しがた訪ねて来られたではありませんか」

するると、左京は苦虫を噛みつぶしたような顔で、

「右近か……」

と、呟いたが、瓢助には通じるはずもなく文蔵のみが苦笑いをした。

「今しがた来たのは南町の景山右近と名乗ったであろう」

「そうですが、あなたさまは……」

瓢助は不思議そうに目をしばたたいた。

「あれはわたしの双子の弟だ」

「双子の……。弟さま、いや、まるで瓜二つでございます」

「困った男だ。あいつ、何しにまいった」

言いながら左京は北町奉行所の里見左京と名乗った。

「それが、熊吉のことを色々と聞いていかれました」

「あいつめ」

左京は怒りに頬を染めたが文蔵が、

「二度手間になるが、もう一度話をしてくんな」

「はあ、それはかまわないですが」

瓢助は要領を得ないもののうなずいた。

左京は右近に対する怒りが晴れないのか、苦虫を嚙みつぶしたような顔のままである。文蔵が熊吉のことをあれやこれや聞いた。瓢助は要領を得ないまま答えた。

右近は奉行所に戻った。

同心詰所に戻ったところで内与力山本勘太夫に引き止められた。山本は、

「ちょっとこちらへまいれ」

と、右近の袖を引き奉行所の片隅に向かった。

「どうしたんですよ」

右近は口を尖らせた。

「おまえ、小里さまのお屋敷に出向いたそうだな」

「さすがは、お耳が早い。村野さんから知らせが届いたのですか」

「そんなことより、おまえ、小里さまのお屋敷の土蔵を検分したそうではないか」

「そら、当然ですよ。勇吉を追っているんですからね」

「それはそうだが」

「何かまずいことでもしましたか」

「今、小里さまは大事な時なのだ。菊代さまのことでな」

「菊代さまなら、小里さまの部下の方、伊能さまと楽しそうにしてらっしゃいましたよ」

「無礼なことを申すな」

山本は眉をひそめた。その高圧的な物言いには反発したくなる。

「無礼じゃないですよ。見たままを申したまでです」

「とにかく、めったなことで小里家には近づくな。町方の役人にうろつかれては迷惑だろうからな」

「わかりました。めったなことでは伺いません」

右近は大袈裟に頭を下げた。山本は口をもごもごとさせたが、

「しかと申し付けたぞ」

と、足早に立ち去った。

「けっ」

右近は石ころを蹴飛ばした。

どうも引っかかる。小里家の盗難、果たして雷小僧勇吉の仕業《しわざ》か。

右近の脳裏に、下男に犬を殺せと命じる菊代の能面のような顔がぽっかりと浮かんだ。

# 第五章　両国の掃除

## 一

左京は奉行所に戻ると狭山源三郎に報告をした。狭山は、

「ここではなんだ」

と、詰所を出て奉行所の隅に行った。

「熊吉とか申す旅芸人の容疑、固まったのじゃな」

「はい」

左京は短く答える。

「ならば、旅芸人一座……」

「花輪瓢助一座です」

左京に突っ込まれ、狭山は気分を害したように眉をひそめ、

「その花輪何某《なにがし》ども、まことに不届きな連中だ」

「江戸から所払いとすべきでしょうか」

「それは当然としても、それだけではな」

狭山は思わせぶりだ。左京の胸に暗い影が差した。

「どうかなさったのですか」

狭山は顔を引き締め、

「先日話した両国の掃除だ」

「両国の掃除とこの一件、どう関わるのでしょうか」

狭山の狙いは、というより奉行鍋島は元木殺しを奇貨《きか》とし両国掃除の格好の口実としたいのだろう。だが、それはいかにも性急であるし、強引に過ぎる。左京は敢えて狭山の意図に気がつかない振りをした。

「決まっておろう。北町の同心が殺されたのだ。そのような盛り場、まことに不埒《ふらち》とは思わんか」

やはりこれを口実に両国の盛り場を一掃しようとしているようだ。それは無理やりである上に熊吉の証言を信じるならば、同心元木は熊吉が賭場に出入りしていること

で強請っていた。真実とすれば大変な醜聞《しゅうぶん》となる。

左京が押し黙っていると狭山は二、三度うなずき、

「元木さんのことが心に引っかかっておるのだろう」

「そうです」

左京はきっぱりと返答した。

「確かにそれが表沙汰になっては奉行所の体面に大いに関わる。由々《ゆゆ》しきことだ」

「まさしくその通りでございます」

「ならば、尚更両国を掃除せねばならない」

「尚更、掃除せよと申されるのか」

「あくまで元木さんは両国の盛り場の不正を摘発しようとして命を落としたのだ。決して旅芸人風情を強請ってなどはおらん」

いかにも臭い物には蓋《ふた》をしろという態度、奉行所の体面を保ちつつそれを利用しての両国掃除には到底納得できるものではない。左京の表情に受け入れがたい色が滲《にじ》み出ているのだろう。

狭山は横を向いて、

「どうした、不満か」

いかに相手が筆頭同心であろうと承服できないものはできない。

「不満というより、それは間違いだと存じます」

「間違いな……」

狭山は薄笑いを浮かべた。いかにも、青臭いことは言うなと言わんばかりだ。

「このままでは両国の掃除など、到底できるものではないと存じます」

狭山は困った顔をした。

「それに……」

「どうした」

「わたしには解せないのです」

「何がだ」

狭山は苛立ちを見せた。

「元木さんのことです」

「元木さんがどうかしたのか」

「元木さんが博打のことをネタに熊吉を強請っていたなど、どうしても信じられません。それに、そのことを証言した熊吉、何か隠しているような気がします」

左京の真摯な眼差しを狭山も無視するわけにはいかないと思ったのか、

「わしも元木さんが博打のことで熊吉を強請っていたとは信じられない。しかし、人には出来心というものがある」

　左京は唇を噛んだ。

「そのことが心に引っかかるというわけか。おまえらしいな」

「いい加減に見過ごすことはできません」

「それは、そうだが」

　狭山はここで一呼吸を置くように小さくため息を吐いた。それからおもむろに、

「おまえが不満を抱いたとしても、熊吉が北町の同心を殺したことに変わりはないのだ。これは由々しきことだ。十分に両国掃除の口実となる」

「お言葉ですが、元木さん殺しをきちんと落着させない限り両国掃除は承服致しかねます」

「おまえな……」

　狭山は顔をしかめる。

　するとそこへ、

「失礼します」

　と、女の声がした。

二人が振り返ると元木の妻佳苗が立っている。髪がほつれ、表情は疲労の度合いを一層濃くしていた。

「主人を殺した下手人をお縄にしてくださり、まことにありがとうございます」

佳苗は丁寧に腰を折った。

「これで元木さんも少しは報われると思います。元木さんは両国界隈の不正を糺《ただ》さんとなすっておられたのですから」

狭山はしれっと言ってのけた。

夫の名誉を聞かされても佳苗の表情は晴れない。何か言いたそうにしている。

「どうされたのです」

左京が尋ねた。

「それが……」

佳苗は遠慮がちに口ごもった。

「どうぞ、何なりとおっしゃってください」

佳苗はさっと顔を上げ、

「主人につきましてよからぬ噂が流れております」

狭山は佳苗から視線を外した。

「どのようなことですか」

「主人はやくざ者とかかわり、博打について強請っていたというのです」

佳苗の顔は悲痛に歪んだ。

狭山がすかさず、

「それは口さがない連中が言っている根も葉もないことです」

「でも、こんな物が出回っております」

佳苗は懐中から一枚の紙を取り出した。瓦版《かわらばん》である。記事は元木の名前こそ出ていないが、北町の同心が博打で私腹を肥やし、挙句に殺されたとある。

「こんなもの、放っておけばよいのです」

狭山は厳しい声を出した。

「そうはまいりません」

佳苗は躊躇《ためら》うように首を横に振る。

「捨ておかれよ」

今度は強めに狭山が言う。すると、それに反発するように佳苗は強い物言いで、

「放ってはおけません。放っておいては主人は浮かばれません。十手を悪用し不正を働いた同心だという汚名を着せられたままでは成仏などできません」

「元木さんがそんな人ではないと我らは信じておるのですから、構わないではありませんか」

狭山は宥《なだ》めにかかったが、佳苗はそれで納得するはずもなく、

「いいえ、なんとしてもあの人の汚名をすすいでいただきたいと存じます」

「人の噂も七十五日、瓦版ごときものはどうということはござらん」

「それでは納得できません」

佳苗は頑《かたく》なである。

それは、元木を信じると同時に自分自身が納得できないのだろう。このままでは夫の死を受け入れられないに違いない。

「主人は浮かばれません」

佳苗は狭山を見返すとさめざめと泣き崩れた。

狭山はそれを持て余すように唇を噛んだ。

左京は堪《たま》らず、

「わたしが元木さんの濡れ衣を晴らします」

佳苗ははっと顔を上げた。

「ま、まことでございますか」

「下手人を挙げたのはわたしです。わたしには元木さん殺しの真相を解明する責務がございます」

左京は最早微塵の気持ちの揺らぎもなかった。

「まこと、お願いできるのですね」

佳苗は期待の籠《こも》った目で左京と狭山を見た。

「まことです」

左京は胸を叩いた。

横で狭山が苦虫を嚙みつぶしたような顔をしている。

「どうぞよろしくお願い申し上げます」

佳苗は幾分か元気を取り戻し、何度も頭を下げ奉行所から出て行った。狭山が、

「知らんぞ」

と、不貞腐《ふてくさ》れたように言葉を投げてきた。

「これが正しい行いだと思います」

「おまえの正義感で事がすむと思うのか。こんなことを申しては元木さんを冒瀆《ぼうとく》することになるが、おまえが調べを進めていき、もし、元木さんが本当に熊吉を強請っていたとしたら何とする。それでは佳苗殿を一層悲しみのどん底に突き落とすとは思わ

んか」

「その場合はその事実を佳苗殿に知らせるつもりです。たとえ、悲しみを深めようとも大事なことは夫の真の姿を知るということなのではないでしょうか」

「相変わらず、ご立派な物言いよ。だがな、世の中には知らずともよい、いや、知らない方がよいこともあるのだ。瓦版が何を書きたてようが、所詮は噂話、世間話に過ぎん。元木さんは立派な同心で両国の不正を探索中に命を落とした。このことだけが、佳苗殿の思い出として残るのがよいとわたしは思う」

狭山はじっと左京の顔を見たが不満顔は変わることはない。返事を待つことなく、

「とにかく、両国を掃除せねばならん、それだけは忘れるな」

と、言い残し足早に立ち去った。

二

その頃、右近は五合徳利を提げて、再度辰次の家を訪れた。辰次は一杯機嫌になって既に頬を赤らめている。

訪問を拒絶されるかと思ったが、辰次は意外にも右近の訪問を受け入れた。お米は

かいがいしく世話を焼いてくれたが、辰次に二階に上がっていろと言われ素直に従った。

「何ですかい」

辰次は聞いてくる。

「まあ、一杯いけ」

右近は辰次の口を解そうと五合徳利を向ける。辰次は湯飲みで受けながら、

「あっしを口説こうたって無駄ですぜ」

「わかっているさ」

「わかっているんならやって来ることはないでしょう」

「まあ、そう言うな」

右近は自分の湯飲みにも酒を注ぐ。

「町方は暇なんですか」

「痛いことを言うな。暇なのはおれくらいだ」

右近はここで豪快に笑い飛ばしてからおもむろに、

「小里さまのお屋敷に出向いた」

すると辰次の目がちらっと揺れた。黙って酒をあおる。

「小里さまの雪舟の掛け軸、大そう有名だそうだな。雪の金閣寺、おまえは見事に贋作をした」

「前にも言いましたがあっしは引き受けませんよ」

「そんなことを言っているんじゃないよ」

右近は言葉を止めた。辰次は黙り込んでいる。

「ところで、雷小僧勇吉だが、小里さまのお屋敷に忍び込みながら、盗んだのは雪舟の掛け軸だけだ。他に神君家康公所縁《ゆかり》の太刀がありながらな」

「何が言いたいんです」

「この勇吉の遣り口をどう思う」

「どうって聞かれましてもね」

「わかっている限りだがこれまで、勇吉は目ぼしい品は根こそぎ持って行ったんだ。それが今回に限って雪舟の掛け軸だけとはな、おかしいとは思わねえか」

「よっぽど気に入ったんじゃござんせんかね、雪舟の掛け軸が」

「本音で言っているんだろうな」

「さあね、盗人の考えてることなんかわかりませんや」

「ならば問いを変える。盗んだ骨董品はどうやって売り捌《さば》くのだろうな」

「知りません」

「おい！」

ここで右近はどすの利いた声を出した。睨みを利かせ、夜叉の親分と恐れられた顔に戻った。辰次はうろたえたように目を見張った。

「知らぬ存ぜぬを繰り返すのも大概にしな。いいか、これ以上夜叉の右近を舐《な》めてもらっちゃ困るぜ」

こうなったら力ずくでも聞き出してやろう。

辰次は首をすくめながら、

「骨董品てのは、それを愛好する連中が多いんですよ。骨董に目のない連中ってのは世間には大勢いるもんです」

「売り捌くのに苦労はない、か。だがな、盗んだ骨董品が値打ちがあるものかどうか、果たしてわかるものか」

「勇吉の一味にその目利きができる奴がいるのかもしれませんがね、そうでないとすると、手っ取り早いのは骨董市に流しているのかもしれません」

「骨董市か」

「骨董市には暮らしに困った大名や旗本を出所とする骨董品というものがあります」

「となると、上野の骨董市に行けば雪舟の掛け軸があるかもしれないというのか」

「いいや、そう単純にはいきませんや」

辰次はにんまりとした。

「どうしてだ」

「盗んだ掛け軸を上野の骨董市なんかに流したら、すぐにばれてしまうじゃありませんか」

「なら、どうするんだ」

「江戸では捌きませんや。たとえば、上方《かみがた》に持って行くとか」

「なるほどな」

「もう、とっくに上方辺り、あるいはもっと遠く九州にでも流れているのかもしれませんぜ」

「あっさり言うもんだな」

右近はぐびっと酒を呑んだ。辰次は右近に酌をしながら、

「ところで、神田三河町の道具屋亀屋の主人、京太郎が殺されたそうですね」

「おまえ、京太郎を知っているのか」

「ええ」

「今、北町が下手人を追っておる」

「捕まりましたか」

「まだだと聞いているな」

辰次はここで憂鬱な顔になった。

「そんなに親しかったのか」

「いい男でしたよ。欲得ってものがなくって。そんな男が殺されてしまうんですから
ね、世の中、神も仏もありませんや」

「まったくだな」

右近も調子を合わせる。

「旦那、京太郎さん殺しの下手人を挙げてくださいよ」

辰次は頭を垂れた。

「おい……」

さすがに右近は戸惑った。

「旦那、下手人を挙げてくださいな」

「だから、北町が当たっているって言っただろう」

「そら聞きましたがね、旦那も探してくださいよ」

辰次はしんみりとなった。

「どうした」

「いえ、何でもねえですよ」

「そこまで言ったんだ。隠し事などするんじゃない」

「でも」

辰次は躊躇っている。

「どうした、はっきり言ってみろ」

「やっぱりやめておきますよ」

「煮え切らねえな」

「まあ」

辰次は薄笑いを浮かべた。

——何かありそうだ——

右近の勘が働いた。

「わかった、おれに任せろ」

右近は胸を叩いて見せた。

すると、辰次は満面に笑みを浮かべた。それから右近を引き込むように、

「きっちりと下手人を挙げてくださいよ」

なんだか辰次の思う壺に嵌《はま》ったようだがここは乗りかかった船、今更下りる気はない。

「いいから話してみな」

「あっしゃ、京太郎さんに雪舟の掛け軸を渡したんですよ」

「なんだと」

さすがに驚きを禁じ得ない。

「捨てたって言いましたが、本当は持っていたんです。捨てるには惜しい出来でしたんでね」

「どうして京太郎に渡した」

「京太郎さんが気の毒になりましてね」

半年ばかり前のこと、辰次は亀屋に足を踏み入れた。ふと、骨董品の類を見てみたくなったという。

「その時の京太郎さんの染み透るような笑顔、心に残りました。贋物ばかり作ってきたあっしの心の臓に響き渡ったのです。それ以来、時折、亀屋に足を運んでは骨董を見たり、茶飲み話をしたり」

そうするうちに、辰次は京太郎にひかれていき親交が深まった。すると、京太郎は人の好さにつけ込まれ、ずいぶんとあこぎな商売をされ、骨董市でもがせばかりを摑まされる。それでとうとう店が傾いて、

「このままじゃ、首を括《くく》らないといけないって、京太郎さん、しんみりとなっちまって」

語る辰次までがしんみりとなった。

「それで、雪舟の掛け軸をやったのか」

「まあ、そういうわけで」

「小里の屋敷から雪舟の掛け軸が盗まれたことを知っていたのか」

右近は眉根を寄せた。

「そうじゃありませんよ」

「ならどうして」

「小里さまのお屋敷では殊の外に雪舟の掛け軸を大切になすっておられます。以前は受け取りませんでしたが、近頃じゃ大名や旗本の屋敷専門に盗みに入る盗人がいるっていいますからね。万が一を考えて模作を用意することをお勧めするんですよ」

「なるほど、そういうことか」

右近は感心したように手を打った。

「だから、あっしは腕によりをかけて掛け軸を贋作しましたよ」

その目は行灯《あんどん》の明かりにきらめいた。

三

「それで、どうした」

今度は右近の目が輝いた。

「あっしはその掛け軸を持って京太郎さんを訪ねましたよ。今月の五日のことです」

「それで……」

「あっしは京太郎さんにこの掛け軸がいかに値打ちがあるかを懇々《こんこん》と話しました」

「京太郎はおまえの申し出に乗ったんだな」

「律儀な京太郎さんだ。あっしが儲け話だと言っても乗ってくれませんでした」

「京太郎らしいな」

「でも、暮らしぶりも楽じゃないのと、日頃から馬鹿にされている連中を見返してやるという意気込みであっしの話に乗ったんですよ」

辰次はこの時ばかりはうれしそうな顔になった。

「そうか、それで京太郎はどうしたんだ」

「それから先のことはわからねえですよ」

「京太郎は殺された。ということは、その掛け軸が関係していると考えるのが普通なのではないか」

「そうかもしれませんがね」

辰次はそれからは人が変わったように口が重くなった。

「どうした」

「別にどうもしませんよ」

「そんなことはないではないか。それから京太郎は殺されたんだからな」

「まあ、そうですがね」

辰次は浮かない表情だ。

「京太郎殺し、小里家が関係しているのではないか」

再び右近の脳裏に伊能伊周と楽しげに語らう菊代の笑顔が浮かんだ。

「どうしてそんなことを思いなさるんで?」

「京太郎は雪舟の掛け軸を手にした後、当然ながら小里家を訪問したはずだろう」

「あっしゃ、そんなことまで知りませんや」

「おい」

右近は顔をしかめた。

「そら、あっしだって知りませんよ」

辰次は向きになった。

「そら、そうかもしれねえが、状況を考えてみれば、大いに匂うってもんだ」

「なら、旦那、小里さまのお屋敷に乗り込んで行けばいいじゃござんせんか。それともなんですかい。相手が大番頭を務める大身《たいしん》の旗本さまじゃ手が出ませんか」

「そんなことはない」

権力者に怖気《おじけ》づくというのはいかにも情けない。それは右近にとってはこれ以上の屈辱はない。

「なら、お調べになったらどうですよ」

「よし、やってやるとも」

右近はつい声を大きくした。

山本に小里家には近づくなと釘を刺されたが、そんなことは構うものか。

「さすがは右近さまだ」

「ふん、今度はおだてか」

「贋作は作っても、今の言葉に偽りはござんせんや」

「行くにしてもまずは京太郎殺しを探ってみるさ」

「頼みますぜ」

辰次はぺこりと頭を下げた。

「よし、任せておけ」

右近は勢いよく立ち上がった。


明くる十四日の朝、左京が北町奉行所を出ると文蔵が待ち構えていた。文蔵が、

「左京さま、今日は京太郎殺しの探索でございますか」

迂闊《うかつ》だった。

自分としたことが何としたことだ。元木殺しに気を取られていた。自分のもうひとつの役目である京太郎殺しを失念してしまった。

「どうされたんですか」

文蔵はいぶかしげな目で見上げる。

「いや、それがな」

珍しい左京の歯切れの悪さに文蔵は、

「早く行きやしょうぜ」

「それがな、先に探索すべきことが起きた」

「わかりました。先にそっちへめえりやしょう。どこです」

「南茅場町の大番屋だ」

「それは」

「熊吉をもう一度取り調べる」

「はあ……」

文蔵は絶句した。

「熊吉の取調べならもう終わったんじゃござんせんか」

「それが、まだ、残っているんだ。元木さんのことでな」

「どんなことですか」

「すまぬが、おまえは京太郎殺しの探索を行ってくれ」

「それは承知しますが、それでも」

文蔵は左京の様子に気を揉んでいる。その目は出すぎた事を言うべきではないという遠慮と左京の独断専行を危ぶむ心配の間で微妙に揺れていた。

「ともかく、頼む」

左京は心配するなと目で伝えると出て行った。

同じ十四日の昼下がり、右近は神田三河町の亀屋までやって来た。と、そこに文蔵がうろうろとしている。

「まずいな」

きっと、左京も一緒に違いない。京太郎殺しを追っていた北町の同心は左京ということか。これはややこしいことになりそうだ。しかし、この探索をしないことには前に進まない。柿右衛門の裏を取れという忠告に従い、辰次が本当に雪舟の贋作を京太郎に渡したのか確かめねばならない。

だが、左京がいるところに足を踏み入れては争いになることは必定《ひつじょう》である。ここは、左京と文蔵が立ち去るまで待っているしかない。

右近は天水桶の陰に身を隠し、成り行きを見守った。

文蔵は亀屋の前で張り込みをしている。女房お久を監視しているのだ。京太郎は特別に恨みを買うような男ではない。加えて亀屋には京太郎を殺してまで奪い去る品はない。

　ということはやはり一番疑いを向けるべきは女房ということになる。女房お久が京太郎の甲斐性のなさをなじり喧嘩が絶えなかったことは近所でも評判である。すると、お久についてもっと調べようと思うのは当然のことだ。

　文蔵は亀屋の表から様子を窺っていた。

　また、その様子を見ていた右近は左京の姿がないことに気がついた。文蔵が一人で張り込んでいる様子である。

　それなら遠慮はいらない。

　右近は文蔵の背後に回りこみ、

「おい」

　と、肩を叩いた。

　文蔵はからくり人形のようにぴょこんと立ち上がる。それから慌てて振り返り、

「あっ」

　と、呟いてから右近の顔をまじまじと眺める。それから、

「右近さま……ですね」

「兄貴はいないのか」

「ええ、まあ」

「兄貴のことだ。休んでいるとは思わぬが、何処へ行った」

「さあて」

「惚《とぼ》けるなと言いたいが、そんなことはいい。いない方が却《かえ》って好都合というものだ」

「右近さま、また、よからぬことをお考えですね」

「無礼なことを申すな」

「京太郎殺しに興味をお持ちになったんじゃありませんか」

「図星だ。さすがは文蔵。いい勘しているじゃないか」

文蔵は顔をしかめる。

「丁度、いい。おまえ、一緒に店の中に入るぞ」

「冗談じゃござんせんや」

「いいじゃないか。おれも、女房に聞きたいことがあるんだ」

「なら、あっしが聞きますよ」

「いい、おれが聞く」

「やめてください」

「せっかくここまで来たんだ。このまま何もしないわけにはいかん。子供の使いじゃないんだ」

「駄目です」

文蔵は頑《かたく》なだ。

「兄貴には黙っていたらいいじゃないか」

「そういうことじゃござんせんよ」

文蔵は譲らない。

「おまえも頑固だね。そんな頑なに忠義を尽くすことはあるまい」

右近は苦笑を洩らす。

「右近さまこそ、秩序というものをお守りになられたらどうなのです」

無法な輩や罪人に対するどすの利いた声音でこそないが、その目は右近の暴走を許さない気迫に彩られている。その表情の裏には左京への忠義が感じられもした。

「なるほど、秩序か」

右近は感心したように顎を掻いた。

「おわかりいただけましたか」

文蔵の尖った目は柔らかになった。

「大いにわかったぞ」

「ありがとうございます。では、あっしは張り込みを続けますので」

文蔵は安堵《あんど》して亀屋に向き直った。右近は、

「わかったが、引けないこともある」

と、鼻歌交じりに亀屋に向かって歩き出した。

「ちょっと、右近さま」

「うるさいな。おれはあの道具屋で買い物をしたくなったのだ。釜が古くなったのでな。買い物をするのはおれの勝手だろう」

「そんな屁理屈を」

文蔵が顔をしかめるのを横目に、右近は亀屋に足を踏み入れた。

## 四

「御免」

右近は言いながら店に入る。店の中には誰もいない。奥で女の声がした。文蔵が慌

てて中に入ると右近の側にぴったりとくっついた。

「こら面白いな」

右近は釜をしげしげと見下ろした。文蔵は苦虫を嚙みつぶしたような顔である。

「石川五右衛門が釜茹《ゆ》でになった釜だとよ」

そこへお久が顔を出したため、

「どうせ、がせでしょう」

文蔵も話を合わせた。

「そらそうだろうが、こうした物を見るのは楽しいじゃないか」

「あっしはとんと興味がありませんがね」

「これを見ろよ。源義経が小野小町に出したって恋文だ」

「おかしいですね」

「但し書きがあるぞ。何々、義経は深草少将《ふかくさのしょうしょう》と小町を巡って恋の鞘当てを演じた。それで、連日、弁慶に恋文を託して届けさせた、とある」

右近は声を放って笑った。

「こいつはいいや」

文蔵は右近が左京とばれないようにしている。

「この前いらした時にもお話ししましたが、死んだ亭主はこんな物ばかり摑ませられたんですよ」

お久は右近を左京と思っているようだ。右近の狙い通りである。

「そうだったな。でも、案外とこういったものが喜ばれるんだぜ」

「そんなことありませんよ」

お久は京太郎のことを思い出したのかしんみりとなった。

「ところで、最近の京太郎、何か掘り出し物を見つけたとか言ってなかったか」

右近は埃《ほこり》を被った太鼓にさわりながら聞いた。お久はオヤッといった表情を浮かべた。右近が横目で文蔵を見るとそっぽを向いている。これはしくじったかと思っていると、

「この前も申しましたけど、そんなことは年中言ってましたからね。今度こそ掘り出し物だって」

「ほう、そうだったな」

右近はあわてて取り繕う。それを見て文蔵が笑いを嚙み殺している。右近を左京と思わせることに成功し安堵するとともに、右近の聞き込みが巧みなことに感心もしているようだ。

「でも、今回こそ間違いないなんてことを言ってなかったか」

するとお久は真顔になって右近の顔をまじまじと見つめる。

――しまった――

瓜二つとはいえ、頭の先から爪先まで同じというわけではない。髷の形が違うし、全身から発する雰囲気といったものも微妙に違うだろう。こうしたことに女は鋭い勘働きをするものだ。右近を左京とは違うと見破ったのかもしれない。

文蔵もそれを察し、何か取り繕おうと口をもごもごとさせている。

右近がごまかそうと横を向いた時、

「よくおわかりになりましたね」

お久は感心したように何度も首を縦に振る。

「ええ」

今度は右近が戸惑った。

「この前、北町きっての腕利き同心さまだって文蔵親分がおっしゃっていたけど、ほんと、その通りですよ」

お久はどうやら右近を左京ではないと思ったのではなく、右近の問いかけに戸惑いながらも大いに感心させられたようだ。

そうなると右近は安心である。

「心当たりがあるようだな」

「そうなんですよ」

お久は活気づいた。生来が勝気で陽気な女だ。亭主が殺された悲しみを忘れたわけではなかろうが、いつまでもうじうじとしていることのない性分なのだろう。

「何か話していたか」

「いつものがせを摑まされただけなんだろうと思って聞き流していたんですけどね。今回は違う、間違いない代物だって」

「どんな物だ」

右近は静かに問う。文蔵は意外な事の成り行きをいぶかしんでいたが、長年の岡っ引稼業の勘が告げているのか、じっと耳をそばだてている。あれほど右近の介入を嫌ったのに、今は馬鹿に協力的なのも当然だ。

お久は眉根を寄せてしばらく考え込んでいたが、

「掛け軸ですよ」

右近は内心しめたと思った。

「どんな掛け軸だ」

「えぇっと」

お久は考え込む。

「誰かの水墨画があると申しておっただろう」

「そうそう、何でも高名な絵師の方の」

「なんと申す」

「えぇっと、何とかって言ってましたっけ」

お久がもがいているのを文蔵は苛立たしげに、

「菱川師宣《ひしかわもろのぶ》か葛飾北斎《かつしかほくさい》か歌麿《うたまろ》か」

右近は苦笑交じりに、

「それは浮世絵だろう。掛け軸の水墨画だぞ」

文蔵は決まりが悪そうに俯《うつむ》く。するとお久は、

「雪舟、そう、雪舟ですよ」

すると文蔵が、

「雪舟といやあ、大変な代物だぞ。そんな物が」

これには右近が、

「雪舟を知っておるのか」

文蔵はむっとしながら、

「あっしだって雪舟くらい知ってまさあ」

「これは失礼した」

「お久、確かに雪舟と言ったんだな」

「そうですよ」

「間違いないな」

文蔵の真剣な態度にお久はたじろぎながらも、

「ええ、確かにそう言いました。小坊主の時、お寺の住職さまから折檻され、柱に括りつけられて、こぼした涙で足の指を使って床に鼠の絵を描いたって言い伝えがある雪舟だって、あの人、強い調子で言ってましたから」

「間違いねえや」

文蔵は言ってから顔を歪め、

「今度はよりによって雪舟なんてがせを摑まされたということか」

と、一人考え込んだ。

「あたしも、それですから、そんな大それたものがおまいさんなんかの手に入るはずがないじゃないのさって言ったんですよ」

「そらそうだろう」

右近は辰次のことは黙っていた。すると、すっかり探索心を疼かせた文蔵が目の色を変え、

「何処だ。何処で手に入れたと言っていたんだ」

お久は事もなげに、

「上野の不忍池《しのばずのいけ》の畔《ほとり》で開かれている骨董市ですよ」

その表情に嘘はない。いくら女房にだって、京太郎は辰次のことは言えなかったに違いない。言えば、贋作だとわかってしまう。

「骨董市のどこで買ったといっていた」

文蔵はすっかり骨董市の方に頭がいってしまった。

「そこまでは聞きませんでしたよ」

「いいか、よおく思い出すんだ」

「そんなこと言われたって」

「亭主殺しの下手人に繋《つな》がるかもしれねえんだぜ」

お久は目を見張り、

「雪舟の掛け軸がですか」

「そうだよ」

「でも、どうせ、がせなんでしょ」

「そらそうだろうがな、これが糸口になることは間違いない」

文蔵は自信たっぷりに断言した。

お久はしばらく考え込んだ後、

「そう、そう。大黒屋さんだって言ってました」

「大黒屋な」

文蔵が確信したところで、右近は大黒屋が小里家に出入りしている骨董屋であることを思い出した。その上で、

「おまえ、その掛け軸を見たのか」

「いいえ。巻いてあるのを見ただけです。どうせ、贋《にせ》もんだろうって言ってやったんですよ。そうしましたら、あの人、凄い顔であたしのことを睨んで……。そう、あれが、生きたあの人を見た最後になりました」

お久はしんみりとなった。

「わかった、これで、探索の糸口を摑んだからな」

文蔵は言った。

「そうだ」

右近も賛同する。

しかし、それは文蔵とは大きく探索の方向が異なるものだった。

「なら、あっしはこれで」

文蔵は手がかりを摑んだことですっかり気を良くし、亀屋を出て行った。骨董市に向かうに違いない。

と、お久は小首を傾げながら、

「これはお役に立つかどうかわからないんですけど」

その遠慮がちな物言いを、

「かまわねえよ。言ってみな」

右近は促して、

「うちの人が殺された晩、ご近所のお上《かみ》さんが湯屋からの帰りにうちの前を御武家の妻女とおもわれる女の方《かた》がうろついていたのを見かけたそうなんです」

「どんな女だった」

「さて、闇夜でしたし、女の方が御高祖頭巾《おこそずきん》を被《かぶ》っていらしたので面相はわからないと。ただ、すらりとした上品な女の方だったと」

お久は話してから、「うちになんか御武家さまのご妻女がいらっしゃるはずがないですよね」と自分の証言を否定的に評価した。

——もしかして——

右近の胸は高鳴った。

御高祖頭巾のすらりとした女。まさしく菊代なのではないのか。

「ならば、これでな」

右近は上の空になっていた。

「里見さま、どうぞよろしくお願いします」

お久に挨拶をされ、はっと我に返った。

よし、小里家に乗り込む。

御高祖頭巾の女を菊代と断定するのは早計だが、当たってみる値打ちはある。山本から文句を言われようが気にはしていられない。

勝手な推量だが、菊代は将軍の側室に上がることを嫌い、雪舟の掛け軸を雷小僧勇吉の仕業に見せかけて盗み出した。盗んだ掛け軸をどうしたのかはわからない。菊代にすれば掛け軸がないとなれば側室の話は壊れる。

まんまと成功したと思ったら京太郎が雪舟の掛け軸を持参した。菊代は秘かに亀屋を訪れ、その掛け軸を確かめた。まさしく本物と見違える出来だった。これを小里家が買い取れば側室の話が進んでしまう。そう危機感を抱いた菊代は京太郎を殺し贋作の雪舟を奪い取った。

人を殺す……。

菊代ならば己が目的のためには何の躊躇いもなく人を殺めるのではないか。あまりに飛躍した考えであろうか。

「いや、そうでもないだろうよ」

右近は確かめるだけの値打ちはあると思った。

# 第六章　名門の壁

## 一

右近は亀屋を出た。文蔵が待っていた。どうやら、右近に礼を言いたかったらしい。お久から得た証言、御高祖頭巾の女のことは黙っていることにした。

「こら、とんだ瓢箪から駒が出たもんですね」

文蔵は顔を輝かせた。

「現金な野郎だな」

「そら、言いっこなしですよ。右近さまだって左京さまの振りをなすっていらしたんですから」

「そらそうだ」

右近はけろっとしたものだ。

「それにしましても、右近さま、京太郎が思わぬ掘り出し物を得たなんてこと、よくお久から聞き出しましたね」

「話の流れに乗っただけだ」

「さすがですね。血は争えやせんや。同心としての才覚が花開きつつあるんじゃござんせんか」

「世辞なんぞはおまえらしくはないぞ」

「世辞じゃござんせんよ、心底そう思ってやす」

「まあ、その辺にしてくれ。言っとくが、このことは兄貴には内緒だぜ」

「もちろんです」

「なら、これでな。いい退屈しのぎになったぜ」

「おや、骨董市には行かれないんですか」

「これ以上、兄貴の振りをするわけにはいかん」

「本当にそう思われやすか」

「堅苦しくてかなわんからな」

右近が困った顔をすると、文蔵はおかしそうにくすりと笑った。

「おまえもよく仕えてられるな、あんなくそ面白くもない男に」

今度は右近がくすりと笑う。

「左京さまは生まじめで、それはもうできたお方です」

文蔵はあくまでまじめに答えた。

「ま、精々、兄貴の手助けをしてやってくれ」

「右近さまもご精進ください」

文蔵は頭を下げるといそいそと歩き出した。探索の足がかりを見出し、闘志に火がついたようだ。

うまくいったと右近は内心で快哉《かいさい》を叫んだ。これで、辰次が雪舟の掛け軸を京太郎に渡したということは裏付けられた。辰次の言葉に嘘はなかったというわけだ。

右近は再び小里の屋敷にやって来た。先日と同様に用人村野健次郎を訪ねる。今度は裏門に回るよう言われ、勝手口から中に入り、台所の脇にある物置部屋のような所で対面をさせられた。ずいぶんと扱いが悪くなったものだが、それは口に出さなかった。

「今日はなんでござる」

村野は表情も硬く、口調にも不快感を露骨に滲ませている。

「雪舟の掛け軸の手がかりがつかめたのです」

村野は表情を緩ませることなく警戒の目を向けたまま、

「まことでござるか」

「嘘をつくはずがござらぬ」

「これは失礼した」

「こちらのお屋敷に道具屋がまいったはずです」

「道具屋」

村野は視線を泳がせていたがはたと膝を打ち、

「そう、よくご存じであるな」

「その道具屋、神田三河町にある亀屋の主、京太郎と申しませんでしたか」

「そんなような名であったかもしれん。今月の五日のことじゃった」

村野はここで探るような目になった。

「その京太郎、掛け軸を買ってくれとは申しませんでしたか」

村野は黙ったままうなずく。

「掛け軸とは雪舟の水墨画だとも」

「そんなことを申していたな。わたしもその時に立て込んでおったのと、町方の道具屋風情が大した骨董品を持ってくるはずもない。どうせ、がせだろうと、また、ことあろうに雪舟の掛け軸などと申したので、よけいに腹が立ってな、相手にしなかったのです。当家では大黒屋《だいこくや》というれっきとした骨董屋を出入りさせておる。これは江戸で有数の骨董屋じゃ。今、上野で開かれておる骨董市でもひときわ大きな店を出しておるわ」

「京太郎を追い返したのですか。物も見ずに」

「当然でござろう」

村野は言ってから、それを見ておけばよかったと悔しそうに言い足した。それから、

「そうだ。その道具屋、ご存じならもう一度当方にまいるように申してくれぬか。なんなら、今一度それを見た上で買い取ってやってもよいと」

「それはできません」

村野の表裏ある態度に腹が立った。

「何故でござる」

「その道具屋、亀屋京太郎は死んだ、殺されたからです」

右近は村野の顔を射すくめるように見た。村野は一瞬言葉を失ったが、

「そうでござるか」

と、ため息混じりに言った。それから、

「すると、本日まいられたのはどういったご用件でござるのかな」

「京太郎殺しの探索です」

「当家とどう関わると申されるか」

村野はいかにも不満顔である。

「その前に」

右近はことばかりに言葉を止めた。

「何でござる」

村野はいぶかしむ。

「小里さまの雪舟の掛け軸、果たして雷小僧勇吉が盗んだのでしょうか」

「……何じゃと」

「わたしは勇吉の仕業ではないと思います」

「馬鹿なことを申すものよ」

「馬鹿なことではありません」

「では、一体、何者の仕業と申される。他の盗人の仕業であるということか」

右近は首を横に振る。

「ではどういうことでござる」

「狂言と存じます」

「狂言とはまた奇態なことを申されるものじゃ」

「奇態なこととは考えません。もちろん、冗談でもありません」

「どういうことでござろう」

村野は腕を組んだ。いかにも不届き者と言いたげである。

「雪舟の掛け軸、いかにも鮮やかに盗み出されておりました」

「じゃから、それが雷小僧勇吉の仕業なのではござらんか」

村野は顔をしかめる。

「雷小僧勇吉はこれまで、押し入った屋敷の土蔵から手当たり次第とまでは言いませんが、目に付いた代物はまず見逃さずに持ち去っております。たとえば、御当家の土蔵ならばまずあの太刀を見逃すことはありますまい」

右近は断じた。

「それは……」

村野も言葉尻が怪しくなってきた。

「村野殿もその点、おかしいとは思われぬのですか」

村野は責められてしばらく黙り込んだものの、

「いや、そんなことはない」

と、かえって強気な態度に出た。

「本当にそう思われるか」

「むろんのこと」

「村野殿ご自身が不審に思っておられるのではないか」

「そんなことはない」

村野の言葉遣いが荒くなった。

「村野殿は言いづらかろうから、わたしが代わって申す。掛け軸を盗んだのは菊代さまでしょう」

村野は口をわなわなと震わせた。

「そうは思われぬか」

「何故、菊代さまが」

「決まっておりましょう。上さまのご側室に上《あが》られることを嫌がっておられるのです。おそらくは、伊能殿と一緒になりたいとの思いからそうなさったのではないか」

「そのようなこと、もし、菊代さまがお考えとしたら、あまりに浅いお考え。ご自分が上さまのご側室になられることはないにしても、それでは小里家はどうなる」

「それはただではすまないでしょうな」

「ただですまないどころではない」

村野は目を白黒させた。

「これはまず菊代さまに事の真偽を確かめられたほうがいいのではありませんか」

「…………」

村野の顔は不安で曇った。

「躊躇っている場合ではありませんぞ」

「貴殿に言われる筋合いではない」

「それはそうだ。これは小里家の問題ですからな。しかし、このまま見過ごしては後々、まずいことになるのではありませんか」

「まさか、このこと」

村野は上目遣いに問いかけてくる。

「むろん、このような微妙な問題、わたしとて軽々しく口に出すことはありません」

「では、奉行所へ報告は……」

「まだです。このこと、まず、菊代さまに確かめてみたいと思ってまいった次第」

「致し方ござらんな」

村野は深刻な顔でうなずく。

二

その頃、文蔵は上野池之端《いけのはた》の骨董市に来ていた。

市は不忍池の畔、一町にわたって天幕が張り巡らされた一帯である。その中に板葺《いたぶ》きの仮小屋が建ち並び、各々の小屋には骨董品が並べられている。文蔵の目にはどれもがらくた以外の何物にも見えない。

それでも、市には大勢の人間がつめかけていた。いかにも骨董好きといった隠居風の男や物見遊山といった家族連れなどが興味深げに見物している。あちらこちらの小屋で熱心に骨董の由来やら真贋《しんがん》をやり取りする光景が繰り広げられていた。

文蔵は人込みの中で、お久から聞いた大黒屋という名の骨董屋の店を探した。大黒屋はすぐにわかった。

市でもひときわ大きな店を出していたのだ。間口五間（約九メートル）程の店に陳列用の白木の台が置かれ、そこに掛け軸、壺、仏像、書画、絵画、書状などが品物別に整然と並べられている。

一番奥に畳敷きの小上がりがある。四畳半の広さでそこに座布団や火鉢、書棚があった。畳敷きの真ん中で頭巾を被《かぶ》り座っているのが大黒屋の主甚兵衛《じんべえ》だった。甚兵衛はにこにこと笑いながら、まるでその屋号の通り大黒さまのようだ。

文蔵はきょろきょろと品物を見ながら甚兵衛に近づいた。甚兵衛は笑顔のまま文蔵を迎え入れ、

「何かお探しかな」

と、問いかけてきた。

「特別に何ってわけでもねえんだが、こういう市には思いもかけねえ掘り出し物があるって聞いたもんでね」

文蔵は側にあった木彫りの猫を手に取った。

「おおっと、お目が高い。そいつは左甚五郎作ですよ」

甚兵衛は真顔で言う。

文蔵ははっとして自分の手の中にある木像をしげしげと見やった。

「冗談ですよ」

甚兵衛は大きな声を上げて笑う。笑うとふくよかな腹がぶるんぶるんと震えた。

「からかわねえでくだせえよ」

文蔵はむっとしながら陳列棚に木像を戻す。甚兵衛はおかしそうに目を細め、

「今のはがらくたですよ。値札があるでしょう」

文蔵が目をやると五十文という値札があった。なるほど、五十文の左甚五郎などあるはずがない。

「ここに並べてあるのはがらくたばっかりなのかい」

「さあて、ちゃんとした目利きの方なら思わぬ掘り出し物があるということはおわかりになると思いますがね」

「ところが、こちとらちゃんとした目利きじゃあねえ」

「あなた、道具屋じゃないんですか」

ここは下手に隠し立てをしても仕方がないだろう。文蔵は羽織を捲り、腰に差した十手を見せた。甚兵衛は一向に動ずることなく、

「御用の筋というわけですか」

「神田白壁町《しらかべちょう》の文蔵だ」

「で、親分さん。ここで何か調べようって言うんですか。取り立てて怪しい物はございませんよ」

「今日来たのはそんなことじゃねえんだ。ここやあんたの店に神田三河町の道具屋で京太郎って男が来ているだろう」

「京太郎さん、ええ来てましたよ。気の毒に殺されなすったとか」

「そうなんだ。それでその下手人を追っている」

「ここに下手人が出入りしているとでもおっしゃるんですか」

「そうじゃねえ。雪舟の掛け軸だ。雪舟の掛け軸を京太郎に売りはしなかったか」

文蔵は甚兵衛をじっと見据えた。

「うちからはそんなものは売ってませんよ。ああ、そう言えば、京太郎さんの方でそんなことをおっしゃいましたよ」

「なんだって」

正直言って驚きだ。京太郎は大黒屋から買ったのではなく大黒屋に売ろうとしたということか。

「買ってくれということかい」

「そりゃ、よくわかりませんがね、なんでも雪舟の掛け軸を手に入れた。いくらか値踏みをしてもらいたいって」

「何処で手に入れたと言っていた」

「それが、はっきりとは言わないんですよ」

「怪しいとは思わなかったのか」

「そら思いましたよ。でもね、この市には出所を疑うような品物がごまんとありますからね」

　甚兵衛はいかにも自分に非はないとの態度だ。

「まあ、それは置くとして、いくらと値付けをしたんだ」

「そうですね、もし、それが正真正銘の雪舟なら五百両はすると」

「五百両だと」

　文蔵は仰《の》け反《ぞ》った。

「正真正銘の雪舟だったらってことですけどね」

「それで、京太郎が持っていたのは本物の雪舟の掛け軸だったのかい」

　文蔵は思わず声を潜めてしまった。

「さあて、どうなんでしょうね」

　甚兵衛が言った時、若い男が出て来た。

「新吉《しんきち》、京太郎さんは、結局雪舟の掛け軸を持って来たのかい」

新吉と呼ばれた男が目利きらしい。そのせいか、妙に鋭い目つきをしていて人の心の奥底までも見通してしまうのではないかという嫌《いや》な目をしていた。ただ、前歯が二本欠けているため幾分か間が抜けて見える。

薄気味悪い笑みを浮かべ、

「京太郎さんは結局、持って来ませんでしたよ。楽しみにしていたんですがね」

新吉は何がおかしいのか笑い声を洩らした。それが抜けた歯の隙間からすうすうという妙な音になっている。

「すると、京太郎は雪舟の掛け軸があるといってはいたが、それを見せることはなかったということなんだな」

新吉はうなずいた。

「ならば、結局値はつけていねえんだな」

これには甚兵衛が、

「見ておりませんからね。この新吉に目利きをさせなきゃ値がつけられないのは当然のことですよ」

「もっともだ」

すると、京太郎はやはりがせを摑まされたということか。それがわかったから大黒屋に見せなかったということか。それとも出所がよっぽど悪いのか。

「京太郎さん、その雪舟の掛け軸のことで揉めて殺されなすったんですかね」

甚兵衛は興味深そうに目をしばたたいた。

「それがわからねえからこうして足を棒にしているんだ」

「そら、ご苦労なこって」

「この市、いつまで開かれているんだ」

「明後日までですよ」

「ここに市を開いていると思わぬ掘り出し物にありつけるのか」

「そら、運次第ですね」

甚兵衛と新吉は顔を見合わせて笑いを浮かべた。

「京太郎の女房の話だと、京太郎はいつもがせばかり摑まされていたとぼやいていたぞ」

「そうですかね」

甚兵衛は惚《とぼ》けた顔をしたが、新吉はおかしそうに肩を揺すって笑った。

「おまえらが、がせを摑ませたんだろ。京太郎の人の好いところに付け込んで」

「馬鹿なこと言わないでくださいよ」

甚兵衛は大真面目になった。新吉は知らん顔してそっぽを向いている。

「そうでもないだろう」

「そら、あたしはそれが商売ですからね、物を売る時というのは、時にははったりも必要なんですよ」

甚兵衛は悪びれた様子はない。

「物は言いようだな」

「そうですよ。骨董なんてのは、馬鹿正直ばっかりじゃ売れませんし、買ったりもできませんよ。その品物にどんな時代がついているのかって、客はそこに想像を巡らせながら買うのですからね。これは左甚五郎作だって思い込むと、それだけで気持ちが豊かになるもんです」

「気持ちが豊かにね」

文蔵は言うとなんとも言えないおかしみが湧いてきた。

「どうです、親分さんも先ほど手にお取りになった木彫りの猫を左甚五郎作って信じてお買いになったら。わずか五十文であの名人左甚五郎の彫り物が手に入るんですよ」

「調子のいいことを言うなよ。どうせ贋物じゃねえか」

「贋物だって毎日見ていると本物らしく思えてくるものですよ。鰯《いわし》の頭《あたま》も信心からって言いますでしょう」

甚兵衛は声を上げて笑った。

「まったく、食えないな、あんたって男は」

「へへへ、それを誉め言葉と受け止めておきますよ」

「勝手にしな」

「京太郎さんを殺した下手人、一日も早くお縄にしてくださいな」

「あんたに言われるまでもねえよ」

文蔵は目をぱちぱちとさせた。

三

その頃、左京は大番屋にいた。

「大変ですよ」

町役人が血相を変えて左京を出迎える。左京の胸に大きな暗雲が立ち込めた。

「熊吉が死にました」

「なんだと」

嫌な予感がしたと思ったらこれである。

「どうした」

「舌を嚙み切ったんです」

「舌を」

左京は牢獄から引き出された熊吉の亡骸を見下ろした。唇の周囲が赤黒く染まっている。見るも無惨なありさまだ。

「何時だ」

「昨晩のようです」

町役人は首をすくめた。

「なんで、死んだのだ」

左京はぶるぶると全身が震えた。

「自分の罪を認め、自分で始末をつけたということですかね」

「おそらくは……」

左京は言いながらもどうしようもないもどかしさを感じた。これで、熊吉の口を割らせることはできない。熊吉が隠していた何かを聞き出すことはできない。熊吉が出入りしていた賭場を探そうにも一から始めねばならないのだ。熊吉は隠し事が発覚することを恐れ自害したのではないか。

「どうしましょう」

町役人は自分に責任が及ぶのが心配なようだ。

「どうしようもあるまい。無縁仏として葬ってやるか、いや、せめて死んだことを仲間に報せてやれ」

左京が言うと、町役人は直ちに両国へ使いを走らせた。

「さて」

左京は座敷に上がりこむと文机に向かって筆を取り、熊吉が自害したことを報告書にしたためた。

左京は大番屋を出た。熊吉が自殺したのは隠し事のせいなのではないか。ともかく、熊吉が出入りしていたという賭場を当たってみるしかない。

その前に、

「そうだ」

亀屋京太郎の一件がある。

文蔵に任せっぱなしだ。熊吉の再取調べがなくなってみると、そのことが気になって仕方がない。

そう思うと両国へ向かう途中に亀屋に寄ってみることにした。


左京は亀屋の店先に立った。中を覗くと客がちらほらいて、お久が接客に当たっている。聞くともなしに、客とお久のやり取りが耳に入る。お久はなかなかに口達者で商売上手だった。客が気を引きそうな言葉を投げかけて品物を手に取らせている。客たちはお久に言われるまま、怪しげな仏像やら壺やらを買っていった。

左京はさりげなく、

「繁盛しておるではないか」

と、店の中に足を踏み入れた。お久が、

「いらっしゃいまし……」

と、顔を向けてきたが左京と気づき口ごもった。

「商いの邪魔はしない」

左京はお久に警戒心を与えまいと精一杯の笑顔を浮かべた。それでもお久は警戒心

というよりは不思議そうな表情で、

「あの、まだ、何か御用ですか」

「いや、少し聞き漏らしたことがあってな」

「そうですか、ずいぶんとご熱心なことで、そう何度も足を運んでくださるとは」

「ええ……」

今度は左京が不思議そうな顔をする。

「一日に二遍もいらしてくださるとはご熱心だと」

「わたしは、今日は初めてだが」

言いながらもしやという思いがこみ上げる。

――右近か――

右近の奴がここにやって来たのか。だとすれば、一体何のために。今頃はしゃかりきになって雷小僧勇吉の行方を追っていると思っていたが、何故京太郎殺しを追っているのか。

「いいえ、いらしたじゃないですか。文蔵親分と一緒に」

お久は首を捻り戸惑っている。

「文蔵と……」

文蔵がやって来るのはわかる。京太郎殺しを追っていたのだから。だが、その文蔵が右近と一緒なのはどうしたことだ。まさか、自分と右近を間違えたのか。

――そんなことはあるまい――

文蔵が自分と右近を間違えるなどということは考えられない。とすれば、文蔵はどうして右近なんかと亀屋で聞き込みをしたのだ。

次々と疑問が湧く。

「あの、お話はなんでございましょう」

お久は上目遣いに問いかけてきた。

「いや、それがな」

右近と文蔵が何を聞いたのか気になった。

「すまぬが、さっき、文蔵と自分は何を話したのだったかな」

「はあ」

お久はあたかも左京のことを、気は確かかと思っているようだ。無理はない。自分だって何を言っているのかわからない。

「妙なことを尋ねると思っておるのだろうが、面目ないことに、先ほどはちとよそ事を考えておってな。上の空だったのだ」

「そんな風には見えませんでしたけど」

お久はいぶかしんだ。

「すまぬがもう一度話してくれ」

左京は繰り返した。

「なら、申しますけど」

お久は役人に逆らうことはなかろうと思ったのか、先ほど右近と文蔵に話した、京太郎が雪舟の掛け軸をおそらくは骨董市で見つけ出したことを話した。

「そうか、すまなかったな」

左京は自分の言動に奇異なものを感じた。

文蔵は京太郎殺しに雪舟の掛け軸が関係していると考えたに違いない。おそらくはその骨董市に向かったことだろう。

——右近は——

右近はどうしたのだろう。

そもそも右近が京太郎殺しを追っていること自体、何故だという気になってしまう。

京太郎殺しの探索の様子はわかった。文蔵に任せておけばいいだろう。ただ、右近の行動には大きな疑問となんともいえない不快感が募る。

と、その時、左京にちょっとした悪戯心が湧き上がった。

「むこうがそうならこっちもだ」

そう呟くと、左京は足を両国へと向けた。


左京は両国西広小路にやって来た。心持ち蟹股《がにまた》になり、胸を張って大手を振って歩く。髷も少しだけわざと乱していた。

するとあちらこちらから、

「夜叉の親分」

とか、

「お帰りなさい」

という声が聞かれる。

すっかり右近と間違われている。狙い通りだ。今度は自分が右近になりすましてやろうというのだ。右近と間違われることに大いなる抵抗があるが、ここはその方が好都合と判断した。

雑踏を抜けて幇間姿の男がやって来る。美濃吉だ。

「おう、美濃吉」

右手を上げて声をかける。

一瞬、見抜かれるのではないかとひやっとしたが、

「こら、親分」

幸いにも美濃吉には疑う様子がなかった。

ここは右近に成りきらねばならない。

「おめえ、ちょっと、牛太郎と相談して両国界隈で開かれている賭場について調べてくれねえか」

右近の口調で話すことに違和感も嫌悪も感じなくなった。

「承知しました。これはどんなことに関わるんです」

「つべこべ言うんじゃねえ」

左京は右近らしい乱暴な物言いが気持ちよくなった。

「あれでげしょ。熊吉が通っていたっていう賭場を探していらっしゃるんでしょ」

こう言われては隠す必要もない。

「そういうことだ」

「でも、花輪一座を訪ねた時にも言いましたけど、回向院やその近辺には賭場はねえ

んですがね」

「そうだったか」

左京はつい地が出てしまった。

「まったくお惚けなんだから」

「もっと、探すんだ」

「となりますと、深川の方ですかね」

「深川だろうと何処だろうと探せ。それと、両国界隈をもう一度徹底して洗い直すのだ。いいな」

「わかりました」

美濃吉は踵《きびす》を返し、いそいそと走り去った。背中が躍動している。右近に命じられたことがよっぽどうれしいようだ。美濃吉が人の波に吞まれたところで、ほっと安堵した。

と、

「里見さま」

声をかけられた。どきりとした。声の主は娘である。そしてそれは見紛《みまが》うはずはないお由紀だった。

四

「里見さま」

もう一度、お由紀は言うと左京に近づいて来た。お由紀ははっきりと自分を右近とは違うと見破った。女の勘は鋭いということを思い知らされる。

「お忘れですか」

お由紀は屈託のない笑顔を向けてくる。

「確か矢場のお由紀と申したな」

左京はお由紀とは視線を合わせずに返した。

「そうです。覚えてくださってありがとうございます」

「礼を言われることではない」

左京は左京らしいいかめしい物言いをした。お由紀は左京の前に立ちしげしげと見上げると、

「なんだか、里見さまらしくはございませんわ」

「そんなことはない」

「失礼しますね」

お由紀はさりげない所作で左京の着物の襟を直した。甘い香りが鼻先をかすめる。それに圧倒され、たじろぐように後ずさりをしてしまう。お由紀の方は一向に気にする素振りも見せず左京の髷を見上げながら、

「髷も整えたらいかがですか」

と、手鏡を左京に差し出す。左京は手鏡を見る。右近のふりをするため自分で乱した髷ながら、みっともないことこの上ない。慌てて、髷を整える。

「お忙しいのですね。まるで、右近さまみたい」

お由紀に悪気はないのだろうが、その言葉は左京の胸には複雑に響き渡った。

「これでいいか」

「はい、それでこそ里見さまです。里見さまはきちんとしておられないとおかしいですよ」

お由紀に言われ心持ち気取った様子で、

「このところ平穏か」

「一昨日の殺し以外は」

お由紀はここで顔を曇らせた。

「どうしたのだ」

「いえ」

お由紀らしくない歯切れの悪さだ。

「どうした、遠慮することはない。申してみよ」

「では、お尋ねします。北の御奉行所では両国の矢場とか床見世とか見世物小屋といったものを撤去なさるという噂を聞いたんですが。本当でございますか」

お由紀の顔は強張《こわば》っている。左京を見上げる顔はまさしく挑むかのようだ。

「そんな噂、一体どこから聞いたのだ」

「どこということはございませんよ」

「噂なのだろう」

左京はついお由紀から視線をそらしてしまった。

「火のないところに煙は立たずって言います。どうなのですか」

お由紀に詰め寄られ、

「不正が行われていなければなんら恐れることはない。正しき行いをしていれば心配ないではないか」

掌《てのひら》が汗ばむのがわかる。

するとお由紀は声を放って笑った。目をぱちぱちとさせる左京に向かって、

「いかにも里見さまらしいわ」

「わたしらしいとはどういうことだ」

「杓子定規《しゃくしじょうぎ》と申しますか、いかにも生まじめというか。ここは盛り場なんですよ。遊ぶ所なんです。毎日、一生懸命働いて得たわずかばかりの銭でたまには何か楽しみをと思ってやって来るんです。正しき行いなんてするつもりの人間なんていやしませんよ。お役所や寺子屋じゃないんです」

思わぬお由紀の反撃に左京はたじろいだ。

「それはもっともだ」

「その楽しみに目くじらを立てて、それを追い立てる。北の御奉行所はそんなことをなさるんですか。お上はそんなことをして庶民の楽しみを奪って一体、どうしようっていうんです」

お由紀は興奮の余り、目に涙を滲ませている。

「まだ、そうと決まったわけではない」

そう返すのが精一杯である。

「ならば、今、その調べをなすっているんですか、里見さまがいらしたのもそうした

目的なんですか」

お由紀の口調は冷めたものになっていた。

「わたしは、なにもそんなことで来たわけではない」

左京は声が上ずってしまった。

「ほんとですか」

お由紀は睨んでくる。

「そんなつもりはない」

「信じていいのですか」

「武士に二言はない」

「ほんとにほんとですね」

「むろんだ」

今度は強く言った。

お由紀はじっと左京の目を見つめた。左京も見返す。お由紀の澄んだ瞳に引き込まれそうになり、胸の鼓動が早鐘のように打ち鳴らされた。

「よかった」

お由紀は相好《そうごう》を崩した。その笑顔がまたいい。思わず見とれてしまうと、

「あれ」

と、いう素《す》っ頓狂《とんきよう》な声がする。

――しまった――

と、思っていると案の定、やって来たのは牛太郎である。

「こら、里見の旦那」

威儀を正した左京を最早右近と間違える者はいない。当然、牛太郎も左京と思っている。

「先日は助力ご苦労であったな」

「少しはお役に立てましたか」

牛太郎は大きな身体を縮めた。

「ああ、十分だ」

「今日はまたどうしたことで」

「町廻りの途中だ」

左京は早々に話を切り上げようとした。ところが牛太郎は、

「このところよからぬ噂が耳に入るんですよ」

と、お由紀が聞いたのと同じ事を尋ねてきた。左京が答える前に、

「頭、それなら、心配いらないわ。今、わたしが確かめたの。そうしたら、里見さまはわかってくださっている。さすがは右近さまのお兄さまよ」

「そうですかい」

牛太郎が笑顔になった。

「まあ、そうだ」

左京は言葉に力が入らないが、それでも、

「よかった」

牛太郎は言った。それから、

「あっしらだって、何も御上に逆らっていこうなんて考えていないんですよ。今も親分、いや、右近さまから両国や本所、深川界隈の賭場を調べるよう頼まれましてね、手下を使って探っているところでさあ」

するとお由紀が、

「あら、右近さま、いらっしゃってるの」

「そうだよ」

「おかしいわね、いらっしゃってたらいつも顔を出してくださるけど」

お由紀は小首を傾げた。

「きっと、その辺を見回ってなさるんだよ」

「そうかしら」

お由紀の寂しそうな表情を見ると、みっともないと思いつつも右近に対する嫉妬心が疼いてしまう。

「少し前、矢場の前で美濃吉が頼まれたんだって言っていたぜ」

「馬鹿ね、矢場の前にいらしたのは右近さまじゃなくってこちらの里見さまよ、ねえ」

お由紀は無邪気な笑顔を向けてくる。

――しまった――

とんだ裏目に出てしまったものだ。

「そんなはずないけどな。美濃吉は、間違いなく右近の親分からだって言っていたんだから」

牛太郎は困惑している。

「そんなことないわよ」

お由紀はむきになった。

「いや、あれはわたしだった」

ここまできたら嘘は言えない。お由紀を惑わせてはならない。

「な、なんですって」

牛太郎は驚きの顔をした。お由紀もぽかんとしている。

「申し訳ない。わたしが右近のふりをして美濃吉に命じたのだ」

「どうしてそんなことをなすったのです」

お由紀は低い声で問うてきた。眉間に皺を刻んだその顔は、いつもの溌剌《はつらつ》としたものとは正反対に険しいものであるが、お由紀の美貌を際立たせてもいた。

「それがな……つまり」

なんとか言い訳を考えていると、

「そういえば里見さま、着物や髷をだらしなくなさっていた。いつもの里見さまらしくないと思っていた。わざとやってらしたのね、右近さまになりすますため」

「これにはわけがある」

「何がわけなのですか。きっと、右近さまのふりをして両国を探っていたのでしょう。賭場の摘発を口実に盛り場を取り壊すおつもりなのね」

「違う」

「汚い、汚いわ」

お由紀は憤慨した。

# 第七章　似た者同士

## 一

お由紀の怒りは鎮まらない。あまりの立腹に左京はかける言葉すら思い至らない。横で牛太郎がはらはらしながら見ている。仲裁の機会を窺っているようだが、あまりのお由紀の剣幕に声をかけられないでいた。

「右近さまのふりをして、両国のあらを探そうなんて、見損ないました」

「卑怯ですよ」

「右近になりすましたことは、信じてはくれぬかもしれぬが、悪戯心からだった。決して両国のあら探しをしようなどという意図ではなかった」

内心であいつだって自分になりすましたんだと呟く。だが、そのことをお由紀に言うことには抵抗がある。そんなことを持ち出せば、益々お由紀の心証を害しそうであるし、告げ口めいたことは男としてすべきではないという思いからだ。

「悪戯ですって、まあ、呆れた」

お由紀は口をあんぐりとさせる。ここで牛太郎が、

「まあ、お由紀ちゃん、里見さまだって何も悪気があってなすったんじゃねえよ」

ところがこれはとんだ藪蛇《やぶへび》で、

「悪気がなくって右近さまになりすますわけないでしょ。頭、しっかりしてよ」

お由紀の感情を逆撫でしたに過ぎなかった。

「いや、それはな」

牛太郎が言葉を詰まらせると、

「もう、いいです」

お由紀は踵を返しその場から立ち去った。それをなんとも言えない思いを嚙み締めながら左京は見送った。

気詰まりな沈黙が左京と牛太郎の間を漂った。

「騙《だま》したことは詫びる」

左京はぽつりと言った。

「いや、そら、きっと、里見さまのことです。お口には出されなかったご事情があったのでしょう。それに、欺《あざむ》かれた美濃吉の奴もとんだどじな野郎だ。散々に世話になった親分のことを間違えるなんて」

牛太郎は左京を気遣って、豪快に笑い飛ばした。

「いや、すまなかった」

「もう、それは言いっこなしですよ。それより、北町が両国の盛り場の灯を消そうとしているってのは本当ですか」

左京はしばらく押し黙っていたが、

「そういう動きがあることは確かだ」

「なら、里見さまはお由紀ちゃんが言ったように、両国界隈のあら探しをしようと思っておられるのですか」

「そんなことはない。おまえたちは信じないかもしれんが、わたしは両国の盛り場撤去には反対だ」

「その言葉、信じていいんですね」

「十手にかけてな」

十手を頭上に掲げるという、左京にとっては芝居がかったやり方で自分の考えを訴

えた。それから、

「なら、お尋ねしますが、美濃吉に命じてあっしたちに賭場を探させたというのは、両国から小屋を撤去する役に立てようというのではないのですか」

「違う、その逆だ」

左京は首を振る。

「逆とはどういうことですか」

「一昨日に起きた同心殺し。下手人は旅芸人の熊吉。熊吉が同心を殺したわけは、賭場に出入りしていることで殺された同心から強請られてというものだった」

「へい、それは存じてます」

「ところがだ。その同心、北町の臨時廻り元木左馬之助という御仁は、とにかく生まじめ。まじめを絵に描いたような男なのだ。そんな男が強請りをするなどとはどうしても思えん。熊吉が賭場という悪所に出入りし、それが両国界隈、そして、その熊吉が両国を根城としているということになれば、これは両国の盛り場撤去の格好の口実となろう。もし、熊吉の元木殺しが別のところにあるとすれば、それは両国の盛り場撤去の口実とはならないのではないか、そんな風に考え、まずは、賭場の存在そのものを洗うことを考えた次第」

左京の言葉に淀《よど》みはない。

「なるほど、さすがは、里見さまだ。頭が切れる」

そんな牛太郎の世辞などに左京は心惑わされるようなことはない。落ち着いた表情のまま、

「だから、どうにかしてその足がかりを得たい」

「よくわかりました」

「改めて頼む。熊吉が出入りしていた賭場を探してはくれぬか」

「そこまで聞いたからには引けませんや」

「やってくれるか」

「もう、動いていますがね、まあ、任せてください」

「恩に着る」

「里見さま、どうか、両国をお守りくださいまし」

「わたしはそのつもりだ」

右近のような威勢のよさこそないが、それがかえって里見左京という男の実直さを物語っているようだ。

「なら、回向院で待ち合わせましょう。一時《いっとき》（二時間）後でどうです」

「よかろう」

左京はうなずいた。

「では、これで」

牛太郎は巨体ながら軽快に走って行く。

「やれやれ」

やはり、自分に合わないことをするものではないという気がした。だが、これでよかったのかもしれない。お由紀を怒らせたことが胸に大きなしこりとなって横たわっているが、今はそれよりも御用に尽すべきだ。

自分なりにもう一度、じっくりと両国界隈を歩いてみることにした。自然とお由紀の矢場を避けてしまうが、その他の床見世やら掛け茶屋やら見世物小屋に、賑わいやそれらを楽しむ人たちの笑顔を見る。

それらを見るにつけ、両国を潰してはならないという使命感に掻き立てられる。

左京はそのまま両国橋を渡り、東広小路も廻った。こちらも西に負けぬ賑わいだ。左京はここでも人々の喧騒を耳にし、喜びを目の当たりにした。

そうしているうちに瞬く間に一時が過ぎた。

左京は約束の回向院にやって来た。すぐに牛太郎が近づき、

「この界隈での賭場を見つけ出しました」

「でかした」

左京は相好を崩す。

「どうします」

「行ってみるさ」

「まさか、摘発をなさるのでは」

「そのつもりはない。それよりも、賭場を仕切っている者に話を聞く」

「それなら、もう、すませました」

「なんだと」

「里見さまを疑うつもりはございませんが、町方の御役人が賭場に顔を見せたら、いくら摘発ではないと言ったところで大騒ぎとなります」

「そんなことはしない」

「里見さまにその気がなくとも、むこうで警戒して思ったような成果は挙げられず仕舞いとなりましょう」

「もっともだな」

「ですから、あっしらは手分けして熊吉と北町の元木さまが出入りしていたかどうかを確かめて来ました。熊吉が一日の仕事を終え、通うであろう範囲に絞って探し出した賭場は二箇所。回向院裏と本所割下水《わりげすい》のさるお旗本の御屋敷にある中間部屋《ちゅうげん》の二つです」

左京はうなずく。

「で、その賭場なんですが、そのうちのどちらにも熊吉、元木さまは出入りをした形跡がなかったんですよ」

「間違いないな」

左京の目が光った。

「間違いございません」

牛太郎の言葉に揺らぎはない。

「ということは、博打をネタに強請っていたというのは大いに疑わしいということだ」

「あっしもそう思います」

牛太郎も深くうなずく。

「そうなると、やはり、別のことが原因で元木さんは殺された。熊吉は、やはり真の原因を隠していた。それを隠しおおすために自害したのだ」

「一体、何でしょう」

牛太郎の好奇心も疼いたようだ。

「それをこれから探らねばな」

「何からしましょう」

「手伝ってくれるのか」

「もちろんですよ」

「ならば」

左京は言ってから顎を掻いた。それからおもむろに、

「花輪一座の所に行ってみるか」

「お供します」

牛太郎が言うと美濃吉がやって来た。美濃吉は左京を見るなり、

「ひでえじゃございませんか。すっかり騙されちまいましたよ」

するとと牛太郎が、

「おめえがどじなんだよ」

「面目ねえこって」

美濃吉はばつが悪そうに頭を掻いた。

## 二

左京は牛太郎と共に回向院の門前にある花輪瓢助一座の小屋にやって来た。牛太郎が菰を捲り上げ、瓢助を呼び出した。瓢助は牛太郎と一緒にいる左京を見ると、

「あの……。右近さまで」

「いや、北町の里見だ」

左京は一切の曖昧さを排除するかのような強い調子になった。

瓢助は恐縮の体《てい》となり、

「あの、もう、熊吉は死んだのでございましょ」

その口ぶりでは最早事は済んだというようだ。

「確かに熊吉は死んだ。だが、少し聞きたいことがあるのだ」

「どんなことでございましょう」

「熊吉の博打のことだ」

とたんに瓢助は顔をしかめ、

「まったく、あいつの博打狂いにも困ったもんです」

「それは先日も聞いた。それで、聞きたいのだがな、熊吉、一体何処の賭場に出入りしていたのだ」

「ですから、それは存じません」

「熊吉は毎日仕事が終わって賭場に行っていたのだろう」

「そうです」

「おまえにも何処とも言わなかったのか」

「ええ」

「まこと、聞かなかったのか」

「はい」

「仲間は」

するとと牛太郎が菰を潜り、

「熊吉はどこの賭場に出入りしていたんだ」

突如現れた力士のような男に一座の者たちは言葉を飲み込んだ。

「どうなんだ」

牛太郎は殴りかからんばかりの勢いだ。みな、押し黙ったまま何も言わない。

「聞こえているのか」

するとと瓢助が、

「知らねえよな」

と、みなを見回す。

みなは首をすくめるのみで返事をしない。

「けっ、頼りねえ奴らだぜ」

牛太郎は吐き捨てた。

そこへ左京がやって来て、

「熊吉は無類の博打好きだった。ならば、この楽屋でもやっていたんじゃないか」

牛太郎は左京の言葉を引き取り肩を怒らせ、

「どうなんだよ」

ところがみな何も答えない。

「まったく、とんだ野郎だな」

牛太郎は呆れたように言う。

「どうなんだ」

牛太郎は大きく四股《しこ》を踏んで見せた。みな驚きの顔でそれらを見てはいたものの熊吉に対する証言は少しも出てこなかった。

「熊吉、本当に博打が好きだったのか」

左京は瓢助に向いた。

「ええ、そらもう」

瓢助は大きく首を縦に振る。

「おかしいな」

左京は首を捻る。

「あいつは本当に博打好きでした」

「いつも年がら年中博打にうつつを抜かしていた、ということだったな」

左京は瓢助の言葉を引き取った。

「ええ、そうです」

瓢助の声はしぼんでいく。

「それにしてはあっさりしているではないか」

左京は皮肉っぽい笑みを浮かべた。

「まあ、仲間には迷惑をかけたくなかったんじゃないかと……」

「周りを気遣った博打打ちか」

左京は皮肉を重ねてみたもののそれ以上の不審な点は見つからない。

「ならばこれでな」

左京が言った時、

「あの、我らはどうなるのでしょう」

瓢助は訴えてくる。

「熊吉の処分が決まってからだ」

「ですが、熊吉は既に死んでおりますが」

「死にはしたが事件は落着していない」

左京は強い調子で返した。

瓢助は言葉を飲み込んだ。

「いいか、隠し事は許さんぞ」

瓢助は首をすくめた。

左京と牛太郎は瓢助の小屋を出た。

「やっぱり、なんか変ですね」

牛太郎が言う。

「やっぱりとは」

左京が問い返す。

「いえね、この前、右近親分と美濃吉が一緒に来た時、親分が一座のことをなんだかへんてこりんなとおっしゃったんですよ」

「ほう、右近がな。で、右近はそれから何か調べたのか」

「いいえ、別のことに関心が向いたようで」

「いかにも右近らしいな。気紛れで探索を行っておる」

左京は笑った。

それから、

「すまんな、おまえにとってはかけがえのない親分であったのだな」

「親分と知り合って七年になりますかね。相撲取りになろうと思って上州から出て来たんですがね、世間の風は冷たいもんで、何の伝《つて》も持たなかったあっしはどこの相撲部屋にも入れなかった。その腹いせで両国西広小路で大喧嘩をやらかしました。やくざ者に牛だとか田舎者だとか馬鹿にされて頭に血が上って見境がなくなってしまったんです。誰彼なくぶん殴り、投げ飛ばし、やりたい放題だった。そこへ、親分が来なすった。親分には歯が立たなかった。あっさり叩きのめされちまった。親分はその力、無駄に使うんじゃねえって優しく言ってくれた。あっしと取っ組み合った時はまさに夜叉のような怖い顔をなすっていたが、喧嘩が済めばまるで仏さまのような穏やかさだった。あっしは惚れた。この人の下で働きたいと思った」

牛太郎は遠くを見るような目つきをした。

「そんなことがあったのか」

「すんません、くだらねえ人情話を聞かせてしまって」

「いや、面白かった。おまえが右近を慕う理由がわかった」

「あっしばかりじゃねえ。夜叉の家にいる連中は少なからず、親分の世話になり、親分に恩返しをしたいと思っています」

左京は微笑んだ。牛太郎も頬を緩めると、

「あっしらもあの連中を見張っていますよ」

「そうしてくれるか」

「任してください」

牛太郎は力強く請け負った。

左京はまたしても笑いを浮かべた。

「どうされたんですか」

「いや、なんでもない」

「そうですか。遠慮なく言ってくださいよ」

牛太郎は言った。

実際のところ、左京はわずかばかりだが右近のことが羨《うらや》ましくなった。こういう気の置けない仲間がいるというのはいいものだ。

「なんだか、妙なことになってしまったもんだな」

「何がですか」

「わたしがおまえたちの手助けを受けることになるとはな」

「そんな硬いことをおっしゃらないでくださいよ」

「硬いことではない。妙な因縁を感じるのだ」

「親分の縁ですよ」

牛太郎もうなずく。

「礼を申す」

「里見さまも両国をしっかりと守ってくださいね」

「そっちのほうは任せろ」

左京はこの時ばかりは右近ばりに大袈裟な仕草で胸を張って見せた。

「ならば、な」

左京は立ち去りかけた。それを牛太郎が引きとめ、

「お由紀ちゃんにはあっしからちゃんと言っておきます」

左京は気恥ずかしさから目をきつくした。

「お由紀ちゃん、里見さまのことを怒ってましたが、それが誤解だとちゃんと話しておきますよ」

「そんなことしなくてもいい」

左京はつい早口になった。

「いや、このままじゃよくないですよ」

「かまわん」

「誤解を解いておくのがいいに決まっています」

「わたしがよいと言っているのだ」

「何も意地を張らなくとも」

牛太郎はニヤリとした。それが左京の癇《かん》に触《さわ》る。

「何が意地だ」

左京の顔は蒼ざめた。怒りを爆発させる前兆だ。そんなことを知らない牛太郎は構わず続ける。

「里見さま、お由紀ちゃんのことを憎からず思っておられるのでしょ」

「馬鹿な」

「そんな、お隠しにならなくても」

「右近か、右近の奴だろう。そんな出鱈目《でたらめ》を申しおるのは！」

左京は顔から湯気を立てんばかりの勢いだ。

「そんな興奮なさらないでくだせえよ」

牛太郎は巨体を揺さぶって必死で諫《いさ》めた。左京は一呼吸置いた。深く息を吸い、それをゆっくりと吐き出す。どうにか波立った気持ちが静まった。

「おまえ、余計なことを申すなよ」

「わかりました。あっしはそんな野暮天じゃござんせん」

「そのお由紀とか申す娘のことを、わたしは取り立ててどうこう申しておるのではない」

ついしつこくなった。

「わかりました」

「しかとだぞ。余計なことは申すな」

「承知しました」

牛太郎も畏《かしこ》まって答える。

「ならばな」

左京はいかにも取り繕うかのように厳しい顔つきになって歩き出した。

「あたしは思い違いをしておりました」

「何がだ」

「親分と里見さまは顔は瓜二つなのに、中身は正反対と思っていましたが、案外と中身もそっくりなのかもしれません」

「馬鹿を申せ。あんながさつな男と」

「いえ、似ていらっしゃいますよ」

牛太郎の物言いは確信めいていた。

三

一方、右近はというと小里の屋敷で散々に待たされていた。じりじりと、物置のような部屋で待つというのはなかなか辛いものだ。しかし、ここで怒りに任せ立ち去ることはできない。

あるいはそれが村野の狙いなのかという穿《うが》った考えすら湧き上がる。

様子を窺おうと部屋を出かかったところで村野が帰って来た。

「お待たせ致しましたな」

村野は渋い顔のままである。

「いかがでしたか」

「知らんと申されておる」

「知らん、とは」

「言葉通りの意味だ。菊代さまは雪舟の掛け軸に一切関わってなどいないと申してお
る」

村野は険しい顔のまま言い切った。

「話をさせてくだされ」

「そんなことはできん」

「このままでは、到底納得できかねる」

右近は身を乗り出した。

「それは貴殿の勝手でござろう」

「違う！」

「菊代さまは知らぬと申されておるのだ」

「だから、そこのところをもう少し確かめたいのです」

「そんなことをして何になる。当家に傷をつけるということか」

「そういうつもりはありません。京太郎はこの御屋敷に出向いてから殺された」

「だから、亀屋という道具屋のことなど当家は一切、与《あずか》り知らぬことと申しておるのだ」

「知らぬ、存ぜぬとばかり突っぱねれば、それで事が済むというおつもりか」

「無礼であるぞ」

「拙者はただ役目を行っているのではない。小里さまのお役に立とうと動いておるのですぞ。その探索の中で亀屋京太郎という男が浮かんだのです。京太郎の足取りを追うことは当然です」

「それが、無礼だと申すのだ」

「これはしたり。ちょっと、都合の悪いことがあったら、知らぬ存ぜぬで事をすませるというだけではありませんか」

「出て行かれよ」

村野は静かに告げた。

「なんだと！」

「出て行けと言っているんだ」

右近は村野を睨んだ。

「さあ早く」

出て行かねば無理にでも出て行かせようというかのようだ。ここは一暴れしたいところだが、そういうわけにはいかない。自分は以前の無頼の徒ではない。南町奉行所の看板を背負い、十手を預かって役目に邁進《まいしん》しているのだ。己の感情だけで対応してはならないと自らを戒《いまし》める。

「では、これにて」

村野は腰を上げた。

「お邪魔しました！」

右近は建物に響き渡るような大きな声で挨拶をした。それがささやかな抵抗であるかのように。

村野は顔をしかめ耳の穴に指を突っ込みながらも、何も言おうとはせずそのまま出て行った。

と、そこへ入れ替わるように菊代が入って来た。これは右近にも意外で口をあんぐ

りとしていると、

「この不浄役人めが、わが屋敷に足を踏み入れるとは汚らわしい」

菊代は冷ややかな眼差しで右近を見下ろし何と塩を投げてきた。

いくら何でもひどい仕打ちだ。平手打ちの一つ二つしてやりたくなるのをぐっと堪え、

「亀屋京太郎をお訪ねになりませんでしたか」

「…………」

菊代は口を閉ざした。能面のような顔になった。

「神田の道具屋です」

「そのような下世話な者など知らぬ」

菊代は感情の籠もらない口調で言うと部屋から出て行った。後を追おうとしたがあわてて戻って来た村野に制せられた。

仕方なく右近は小里の屋敷を後にした。

腹が立つが、ここは確証がないまま突っ走るわけにはいかない。亀屋の前をうろついていた御高祖頭巾の女が菊代なのかどうか裏を取らねばならない。となると、何か

他に手がかりを探さねば。

それには……。

骨董市に足を向けることにした。文蔵が当たっているのだが、文蔵がその成果を自分にもたらすとは限らない。

ならば、ここは自分で行ってみるしかない。


右近は不忍池の畔《ほとり》にある骨董市にやって来た。そこでうろうろと人込みに紛れる。文蔵の姿を追い求めたがあいにくと探し出すことはできなかった。

そこへ見覚えのある男が通りかかった。というより、右近に近づいて来る。

男は辰次である。

「おお」

右近も気安く声をかける。

「どうでした」

辰次の目は期待に輝いている。

「小里の屋敷に行って来たぞ」

「それで、どうでした」

「相手は一筋縄ではいかん。体《てい》よく追い払われた」

辰次は失望の色を隠せない様子だ。

「簡単に事が運んだら苦労はせんさ」

「そらそうですけどね」

「それより、気持ちを切り替えて京太郎の足取りを追う」

「なら、丁度いいですぜ」

辰次は骨董市の中でひときわ目立つ小屋を構える大黒屋に右近を導いた。

「大黒屋です。あそこで京太郎さんはいつもがせを摑まされていたんです」

「大黒みたいな形をしたのがここの主人か」

「そうです、甚兵衛と申します」

「甚兵衛な、よし」

右近はずかずかと小屋の中に入って行った。辰次が躊躇っていると、

「いいから来いよ」

右近は辰次の着物の袖を引き、中に入って行った。

「よお、甚兵衛」

右近は声をかける。

「はあ」

甚兵衛はいぶかしそうにこちらを見る。

「相変わらず、がせばかり売っているのか」

右近の直截《ちょくせつ》な物言いに甚兵衛は苦笑いを浮かべながら、

「これはきついことを申されますな」

「本当のことじゃないか。お陰で亀屋の京太郎は大損ばっかりしていたんだぞ」

「それは言いっこなしですよ。骨董の世界じゃよくあることです」

甚兵衛は言いながら右近の背中に隠れていた辰次に目をやった。

「なんだ、辰次さんかい」

「こら、旦那、しばらくです」

辰次はぺこりと頭を下げる。二人はどうやら旧知の間柄のようだ。

「しばらくだね。おまいさん、いい腕してるんだから、もっと稼げばいいんだよ」

甚兵衛は右近がいるのにもかかわらずお構いなしだ。

「ええ、ですが、あっしは」

「そうだった、そうだった。おまえさん、技は封じたんだったね」

「そうですよ」

「そうかい、惜しいな」

甚兵衛はにんまりとした。

「すんません」

辰次はぺこりと頭を下げる。

「それにしてもおかしいな」

甚兵衛はここで首を捻った。

「どうした」

右近が不愉快そうに声をかける。先ほどから甚兵衛の慇懃《いんぎん》無礼《ぶれい》な態度にほとほと腹を立てていたのだ。

「いえね、京太郎さん、雪舟の掛け軸が手に入ったなんて言っていたんですよ。それで、一体、いくらくらいの値がつくんだなんて聞かれましてね」

「ほう」

右近が応じる。

「それで、それが正真正銘の雪舟なら五百両はくだらない。でも、京太郎さんが本物を持っているはずがない。どこから手に入れたんだろうね」

甚兵衛はじっと辰次を見た。

「さあ、あっしだって見当がつきませんよ」

「そうだろうね。あたしもどこで手に入れたんだろうって考えていたんだ。そこへ、あんたが現れた。思い出したよ。あんた、雪舟を得意としていたね」

「そら、昔の話でさあ」

「そんな昔じゃないよ。あんたが足を洗ったのは二年前のことだ。その腕、錆びついてはいないと思うがね」

「だからって、あっしが贋作したなんて」

「決め付けるつもりはないよ。でもね、あたしゃ、あんたと京太郎さんが親しそうに語らっているのを見かけたんだがね」

「そら、そういうこともありましたよ。だからってあっしが」

「だから、決め付けるつもりはないと言っているだろ。あたしゃ、あんたが雪舟を得意としていたと言っただけじゃないか」

甚兵衛はねちっこい。

「おい、おめえの物言いはいかにも辰次が雪舟の贋作をしたって決め付けているようだぜ」

「あなたさまにはそう聞こえましたか」

「誰だってそう思うだろうぜ」

右近は甚兵衛を睨んだ。

「そうですか、あたしはそんな気はなかったのですがね」

甚兵衛はどこまでも人を食ったような物言いだ。

この男自体がとんだ贋物のような気がする。利を得るためなら人を騙すことなどへとも思わないだろう。

「ふん、そうか」

右近は冷笑を浴びせた。

菊代が本物の掛け軸を盗んで処分した裏を取ろうと思ってやって来たが、骨董市には転がっていなかった。

四

左京は奉行所に戻った。

北町奉行所の門前で文蔵が待っていた。左京は一瞥すると、

「立ち話もなんだ」

と、呉服橋を渡ってすぐ右手にある掛け茶屋に入った。

「京太郎の家に行ってきやした」

文蔵はどことなく視線が定まらない様子だ。

左京には文蔵の胸の内が手に取るようにわかった。おそらくは、亀屋探索に右近が同行したことを気に病んでいるに違いない。

文蔵はおずおずと、

「それが、あっしが亀屋を張り込んでやした時、その、なんです、ふとした弾みで右近さまと一緒になりやして」

いかにも奥歯に物が挟まったような物言いだ。左京の視線を避けている。

「右近とな」

左京は淡々と返す。

「それだけじゃねえんで。右近さま、成り行きからなんですが、左京さまの振りをなすって、あ、いえ、それを見過ごしにしやして、ほんと、申し訳ねえことでございやす」

文蔵は深く頭を下げた。

左京はしばらくそれを見ていたが、やがて声を上げて笑った。文蔵はきょとんとして左京の顔を見上げる。

「大方そんなことだろうと思った」

「はあ」

「わたしも亀屋に出向いたのだ。そこで女房のお久の応対が妙だったので、これは右近めが聞き込みにやって来たのだろうと察しがついた」

「そうでしたか」

「それで、わたしも悪戯心が湧き上がってな」

左京はここでくすりとした。

「どうなさったんです」

文蔵は小首を傾げる。

「右近がわたしの振りをするのなら、わたしも負けていられるかと思った」

「まさか、右近さまの振りをなすったのですか」

「そうだ。右近に成りすまして両国に向かった」

「こらまた、思い切ったことを」

「それで、熊吉が出入りしていたという賭場を探ろうと思ったのだ」

左京は両国で右近に成りすまして、美濃吉に賭場探索を命じたことを話した。

「そいつは……」

　文蔵は口をあんぐりとさせたが、やがてぷっと噴き出した。

「左京さま、右近さまのようにがさつな、いえ、これは失礼しました。侍らしからぬ物言いをなすったんですか」

「そうだ。髷を散らして、着物をだらしなく着崩してな」

　左京は身振り手振りとなった。

「へえ、こいつは驚きだ」

　文蔵は半信半疑の様子である。

「まことだ」

「左京さまが嘘などおっしゃるはずはないのは存じてやす。で、両国の連中は欺かれたんですかい」

「ああ、うまくいったぞ、一旦はな」

　ここで左京は視線を揺らした。

「どうなすったんです」

　文蔵は心配そうに問いかけてくる。

「いや、一人の娘に見破られてしまった」

「ほう」

「矢場の娘だ」

「ああ、あの利発そうな娘ですね。名は確か、ええっと……」

「お由紀……。とか申したな」

「そう、お由紀でした。そうですか、お由紀に見破られましたか」

「女の勘とは鋭いものだな。だが、しかし、探索の妨《さまた》げにはならなかった。右近の手下どもは、わたしが左京とわかってもよく働いてくれた」

「右近さまはさすがだ」

文蔵はうっかり口が滑ったというように口を手で覆った。

「その通り。あいつは無頼の徒をよく束ねておった」

「親分といった風ですね」

「ずっと両国におればよかったのだ。十手など持たずにな」

左京の面差しには憂鬱な影が差し込んでいる。文蔵は知る由もなかったが、今こそ両国には右近が必要なのではないかという気がしているのだ。

「でも、右近さまは、同心としてもなかなかなものですよ」

「ふん」

それは軽く聞き流した。

「それはともかく、熊吉が申しておった元木さん殺害の動機は疑わしい」

「賭場に出入りしていることを強請られたってことでしたね」

「そうだ。ところが、熊吉が出入りしていたと思われる賭場などは何処にもなかった」

「そいつは……」

「何処にもなかったんだ」

左京は重ねて言う。

「ということは」

「わたしは怪しいと思う」

「ということは元木さんは違う理由で殺されなすったんですか」

「そういうことになる」

「熊吉が自害したということは」

「真相を語りたくはなかったんだろう」

「こいつは奥が深そうですね」

「そこでだ、熊吉が属していた花輪一座に探りを入れた」

「どうでやした」

「熊吉の奴、博打狂いと瓢助は言っていたが、そのくせ熊吉が博打をやっていた形跡はない」

「こいつは益々怪しいですね。探りを入れる必要がありやすね。あっしが探りやす」

「その必要はない」

「ええ」

文蔵は口をあんぐりとさせた。

「右近の手下どもが見張ってくれている」

「ほう」

文蔵は首をすくめる。

「どうしたんだ」

「いえね、やはり、ご兄弟だと思いまして」

「馬鹿なことを申すな」

「こら、すんません」

「ともかくだ。元木さん殺し、調べ直さねばならん」

左京は並々ならぬ決意を示した。

文蔵は、

「京太郎殺しなんですけど」

「おお、そうだったな。おまえに任せ切りになっていた」

「そりゃ、いいんですがね、京太郎の奴、雪舟の掛け軸ってのを手に入れたそうなんですよ」

「町屋の道具屋風情にしては手に余るものではないか」

「そうなんです。ですから、それが殺しに関わっているに違いないと思いやす」

文蔵は骨董市で大黒屋を当たったことを話した。

「そいつも面白そうだ」

「ですから、あっしは雪舟の掛け軸の線から追いかけてみやす。それと、この一件、右近さまも関わっておられるんでさあ」

「右近が」

「右近さまも探りを入れておられるってわけでして」

「何のために」

「そいつはわかりやせんが」

「まさか、わたしの邪魔立てをするつもりはないだろうがな」

以前と違って腹は立たない。ただ、疑念が生じるだけだ。

「どっちみち、京太郎殺しを追いかけてみやす」

「頼む」

「なんだか、左京さま、変わりやしたね」

「そんなはずはない」

「右近さまになりすまして、右近さまのお気持ちが多少おわかりになったんじゃござんせんか」

「ふん、あんな馬鹿の気持ちなど知るもんか」

左京は言いながらも目元は柔らかだった。

# 第八章　早朝の座り込み

## 一

左京は奉行所に戻り、筆頭同心の狭山源三郎に熊吉の、元木から賭博をネタに強請られていたという証言がいかに怪しいかを報告した。

「なんとしても元木さんの汚名をそそぎたいと存じます」

狭山はそれを受け止め深くうなずくと、

「それは一筋の光明が差し込み、まことに喜ばしい。だがな、御奉行から両国の掃除を急げと、与力さまを通じて督促《とくそく》されておる」

「花輪一座と両国の連中とは関わりがございません。ましてや、熊吉をもって両国を語るべきではないと思うのです」

「おまえの言いたいことはわかる。……。だが、それがどうもな」

狭山は厳しい面持ちとなり口の中で何事かぶつぶつと呟いていたが、やがて意を決したように顔を上げ、

「明朝、撤去に向け動く。賭場の摘発を名目にな」

「そんな……」

開いた口が塞《ふさ》がらない。

「おまえは関わらなくてよい」

「………」

「わたしが指揮を執れと与力さまから命じられた。わたしが中間、小者を連れてまいる」

「それでは、まるで捕物ではございませんか」

「捕物な、まさしく捕物出役だ」

狭山は薄く笑う。

「狭山さまも気が進まないのでしょう」

「そんなことはない」

狭山は自分の気持ちを押し隠すように強く首を横に振った。

「いざとなったら力ずくで退去させるおつもりでございますか」

「そうなるかもしれん」

「血を見ますよ」

「それは覚悟の上だ」

「そうなれば、死者が出るかもしれません」

「そうならないようにする」

「大きな騒ぎが起きることは必定です」

「止《や》むを得ん。いざとなったらわしが腹を切る」

狭山は冗談めかすつもりなのか、扇子で腹を切る真似をした。

「早まったことはお慎みください」

「正直なところ、厄介な御用を担うことになったものだといささか困惑しておる。おっと、こんなことを申すとおまえに諌められるかな」

「いいえ、狭山さまは上下の間に挟まって気配り目配りを怠らず、さぞや気苦労が絶えないことでございましょう」

「おまえが将来、筆頭同心となればもっとよい御用をするだろうな」

今日の狭山はいつになく弱気だ。

「狭山さまはご立派な同心です」

「珍しいな。おまえが世辞なんぞ申すとは意外な思いだぞ」

「世辞ではございません。正直な胸の内を吐露しておるだけでございます」

狭山はしばらく口ごもっていたが、

「おまえのお父上、里見正一郎殿には大変に世話になった。まこと見上げたお方だった。粉骨砕身、御用に尽くされた。おまえは立派にその血を引き継いでおる」

「恐縮です」

「そうだ」

狭山は思い出したように、

「おまえの双子の弟、南町で同心をやっておる」

「右近でございますか」

「そうそう。右近は達者で御用を務めておるのか」

「よくは存じませんが、弟は同心になって日が浅うございます。まだまだ、経験不足はいなめません。ただ、弟は弟なりに懸命に御用をしておるようです」

「おまえ、なんだか、変わったな」

狭山にも言われるとは意外なことだ。

「どこがでございます」

狭山はしげしげと右近の顔を見つめ、

「どこということは申せぬが、なんとなく身体から醸《かも》し出す雰囲気というものが柔らかというか、穏やかになったような」

「そうでしょうか」

「ああ、うまく申せぬがな」

「疲れが顔に出たのだと思います。そうだとしたら、わたしもまだまだでございます。弟のことを申せませんな」

左京は苦笑を洩らした。

「おまえらしいな」

狭山も釣り込まれるように笑う。

「では」

左京はその場を去った。

左京は八丁堀の組屋敷に戻るところで、脳裏を占めるのは両国の小屋撤去のことだ。

そのまま足を右近の屋敷に向けた。途中の酒屋で五合徳利を買い求めた。それを手に提げ屋敷に向かう。

右近の屋敷の前に立つと木戸を潜り、母屋の玄関に立つ。

やはり引き返そう。

気恥ずかしさが先に立つ。右近と二人で差し向かいになることなど、とてものことできはしない。

踵を返して木戸に向かった。

すると、鼻歌が聞こえる。声は右近のようだ。外出していたのだろう。右近の声はあっという間に近くなり、目の前までやって来た。

「あれ」

右近は門の中の人影に視線を凝《こ》らし、

「山本さまですか」

と、声をかけてから山本ではないことに気がついた。そして、

「ああ、兄上ですか」

すると左京はぶっきらぼうに、

「呑んだくれておったのか」

「湯屋ですよ」

右近の顔はその言葉を裏付けるように艶めいていた。

「訪ねて来てくださったのですか」

「通りかかっただけだ」

「おお、酒、土産ですか」

「自分のために買ったんだ」

「兄上、家で晩酌はしないんじゃないのですか」

「たまにはするんだ」

すると右近は全身をぶるっと震わせて、

「湯冷めをしちまう。早く入りましょう。男の一人所帯です。何もないが我慢してくださいよ」

言いながら右近は居間に入った。左京も不機嫌そうに座る。破れ障子を通して寒風が吹き込んでくる。

「権吉《ごんきち》の奴、障子を貼っておくように言ったんだがな、忘れやがって」

右近はぶつくさ言いながら湯飲みを二つ持って来た。

「もっと、身の回りに注意を払え」

「わかってますよ」

言いながら湯飲みを左京に渡す。

「おれはいらん」

左京は横を向いた。

「自分が飲むために買ったのでしょう。なら、飲めばいいじゃないですか」

「いや」

左京はばつが悪そうに口をもごもごとさせたがぶっきらぼうに右手で湯飲みを持った。右近は五合徳利を持ち上げ左京に酌をし、自分の湯飲みにも注いだ。

「ならば」

右近は湯飲みを高く捧げ持った。左京はそれを無視して自分の口に持っていくとまずそうに顔を歪ませ酒を飲む。

それからおもむろに、

「おまえ、わたしの振りをして亀屋を探っただろう」

右近はぴしゃりと額を叩き、

「ばれたか」

「勝手な奴だ」

「なんだ、そのことで文句を言いにやって来たのですか。でも兄上だっておれを装ったのでしょう、両国で。美濃吉から聞きましたよ」

「そうだ。おまえが、亀屋でわたしの振りをしたことへの意趣返《いしゅがえ》しと思ったのだ」

「兄上もやるもんですな」

右近はおかしそうに笑う。

「馬鹿、からかうな」

「いいや、美濃吉なんかすっかり騙されたって驚いておりましたよ。おれのように乱暴な物言いやがさつな態度を取ったのですってね」

「まあ」

「兄上にそんな一面があるとはな。いやあ、見直しました」

「いい加減にしろ」

左京は益々不機嫌な声になる。しかし、右近は益々興に乗り、

「それから聞きましたぞ。お由紀にえらく悪態をつかれたと」

「黙れ」

左京は顔を赤らめ湯飲みを右近に向かって投げつけようとしたが、それはやり過ぎと思ったのか湯飲みを畳に置く。そこへ右近が五合徳利を向ける。

「まあ、そう、怒らないでくださいよ」

「どこまでわたしを愚弄《ぐろう》するか」

「そんなつもりは毛頭ございません」

右近はまじめな顔をした。

「ふん」

左京は手酌で酒を飲んだ。

「兄上、そんなにしょげることはありませんよ」

「別にしょげてなどおらん」

左京はむきになった。

「いいから、いいから。お由紀は兄上もわかると思いますが、気持ちがさっぱりとした娘です。曲がったことが嫌い、それにしっかりとしていて、気立てもいい」

右近の熱弁の前に左京は黙り込んだ。

「そんなお由紀が、兄上に怒りを見せたということは、これはお由紀は兄上のことを気にしている証《あかし》ですよ」

「調子のいいことを申すな」

「そんなことはない。おれと違うことを一発で見破ったのがその証です」

右近は自信たっぷりに言う。

「勝手にしろ」

「少しばかり怒らせたことを気にすることはない。いや、むしろ、これはいい機会かもしれませんぞ」

左京は唇を噛んでいる。

「だから、一度お由紀を誘ってみてはいかがですか」

右近の言葉に、

「おまえ、そんな暢気なことを言っておる場合ではないぞ」

左京の声を潜めた態度に、

「で、どうされた」

右近もまじまじと見返す。

「両国の風紀取締りを強化する動きがある」

「それはおれも聞いています。北の御奉行は元木という同心殺しを梃子《てこ》にして取締りを強化しようという腹なのでしょう」

「それもある。だが、取締り強化どころではない」

「どういうことです」

「明日、奉行所から小屋の撤去に出動することになった」

「兄上が指揮を執るのですか」

「いいや、筆頭同心の狭山殿だ」

左京は静かに告げた。

「それで、どういうことになるのですか」

「北町奉行所は両国の盛り場を潰そうと考えておる。おまえにこのことを告げるべきかどうか迷った」

「よく教えてくれました」

「魔が差したのだ」

左京は苦笑を洩らした。

「恩に着ます」

右近は頭を下げた。

「そんなことはいい。それより、どうする」

「さて、どうするか」

「下手をすれば騒ぎが起きるぞ」

「そうですな」

右近は顎を掻いた。

「なんとかして、事を穏便に収拾せねばならない」

「兄上、このことに関してあんまり深入りしないほうがいいですよ」

「おまえに言われるまでもない」

「ならいいですがね」

「あたりまえじゃないか。なんで、わたしが」

左京は横を向いた。

「そうは言っても、兄上は案外とお人よしですからな」

「馬鹿なことを申すな」

「馬鹿なことじゃありませんよ」

右近はがははと笑った。

「ま、ともかく、報せてやったぞ」

「ありがとうございます」

左京はそのまま出て行こうとしたが、

「母上によろしくお伝えくだされ」

右近の言葉に、歩みを止めて右近を振り返り、

「ああ」

無愛想に言い残すと廊下を音を立てて出て行った。

「さて、と」

右近はごろんと横になった。

北町は本気で両国を掃除しようとしている。このままでは……

どうにかせねばならない。手下を動員するか。幸い、明日は非番である。

「やはり、おれが行くか」

行けば、北町の同心と衝突することになる。そうなれば、ただではすまない。同心を辞めざるを得ないだろう。

「ま、しょうがないさ」

同心を辞めることになっても構わない。それよりは両国を守らねばならない。両国は自分を育ててくれたいわば故郷なのだ。

そう心に決めるとむっくりと起き上がり酒を飲み始めた。すると、

「御免」

玄関で声がする。義父柿右衛門の声である。

と、思う間に柿右衛門はにこやかな顔で入って来た。

「おお、親父殿、丁度酒があるぞ。人形焼はないがな」

「酒なんぞいらん。人形焼もな」

柿右衛門は右手で蠅でも追い払うようにして言った。

「どうした、そんな浮かない顔をして」

「何かネタはないか」

「読本のか」

「そうに決まっておろう」

「おれの所にやって来るとはよっぽどネタが涸《か》れているんだろうな」

「余計なお世話だ」

「せっかく、面白いネタを話してやろうと思ったのにな」

「そうか」

急に柿右衛門はにんまりとした。

「まったく、現金な親父殿だぜ」

「まあ、そう言うな」

柿右衛門は懐《ふところ》から懐紙《かいし》を取り出し、腰の矢立てから筆を出した。

「さあ、話せ」

「北町が両国の盛り場を潰そうと役人を繰り出すんだ」

「はあ」

柿右衛門は筆を落としそうになった。

「作り話か」

「そんなことねえよ、実際の話だ」

「それじゃ、酒落《しゃれ》にならんじゃないか」

「酒落じゃねえ」

右近は声を荒らげた。

「何時《いつ》だ」

柿右衛門は筆を置いた。

「明日十五日の朝だ」

「おまえ、どうする」

「決まっているだろ。駆けつけるさ」

「北町と争うのか」

「その場の状況次第だが、ま、まずは争いになるだろうな」

「そんなことが許されると思うか」

「許されるはずはなかろう。いいんだ、丁度、明日は非番だからな」

「非番だからって、何をしてもいいということはない。ましてや、北町の御用を邪魔立てするなど。そんなことをすれば、同心を辞めねばならなくなるぞ」

「構うもんか。元々、無頼の徒だ」

「何が構うもんかじゃ。おまえは景山家の跡取りなんだぞ」

「わかってるさ」

「わかってないじゃろうが」

柿右衛門は顔をしかめた。

「おれは逃げるわけにはいかんのだ」

「景山の家はどうなる」

柿右衛門は静かに右近を見据える。

「そのことについちゃあ、親父殿には申し訳ないと思う」

右近は殊勝な顔をした。

「わしは許さん」

「親父殿は許さなくても、おれは行く」

「勝手にしろとは言えんぞ」

「頼む」

右近は両手をついた。

「頭を上げろ。そんなことでわしが承知できるはずがなかろう」

「なら、どうするんだ」

「おまえを見張る」

「腕ずくでも行かせないということか」

「そういうことだ」

「本気か」

「冗談でこんなことが言えるか」

「おれを引き止められると本気で思っているのか」

「むろんだ」

「そのやわな身体でか」

「気力だ」

柿右衛門は両手を広げた。右近は立ち上がり柿右衛門を見下ろしたが、

「さあ、どうする。わしを殴り倒して行くか」

さすがに父となったこの男に手を上げることはできない。

「遠慮するな」

柿右衛門は目が据わっている。何としても右近を両国には行かせないという気迫に満ちていた。

「親父殿、どうしても行かせてくれないのか」

「行きたいのなら、わしを殴れ」

「殴れと言われて殴れるか」

「夜叉の右近であろうが」

「うるさい」

右近は座り込み酒を飲み始めた。それからおもむろに、

「親父殿も飲まんか」

「いらん」

「遠慮するな」

「遠慮ではない、おまえに隙を見せんためだ」

「信用しないのか、息子を」

「信じてもらえるような孝行息子になれ」

柿右衛門は声を荒らげた。

「しょうがない」

右近は酒を飲み続けた。

二

一時後、

「親父殿もだらしない」

右近は畳の上で鼾《いびき》をかいている義父柿右衛門を見おろしていた。あれから、二人の間には沈黙が続き、右近は独り黙々と酒を飲んでいたが、どちらからともなく世間話めいたものが始まり、そうなると柿右衛門も勧められるままに酒を飲み始めた。

右近は言葉巧みに柿右衛門の酒量を増やした。その結果、柿右衛門は夢の中にいる。

「悪いな、不肖の息子を持ったことを不運に思いな」

右近はつぶやくと寝間に入った。

着物を脱ぎ、衣紋掛けに掛けてあった着物に袖を通す。紫地の背中に夜叉の絵柄を描いた派手なものだ。そして、朱鞘《しゆざや》の長脇差を腰に差す。

「よし、行くぞ」

右近は己を叱咤《しった》激励《げきれい》し、そろりそろりと忍び足で屋敷を出て行った。

右近は薬研堀にある通称夜叉の家にやって来た。大広間に入ると牛太郎と美濃吉を呼ぶ。二人に向かって、

「明朝、北町が捕方を引き連れて両国に押し寄せて来る」

牛太郎は目をしばたたき、

「た、大変じゃござんせんか」

美濃吉はおどおどした。

「そうだ、大変だよ。だから、こうして駆けつけて来たんだ」

右近は余裕たっぷりに答える。

「どうするんです」

美濃吉はすっかり慌てふためいている。

「おい、落ち着け」

それを牛太郎が戒める。

「明日の朝、北町の捕方を迎える。手下どもを集めて広小路で座り込みをする」

「わかりました」

牛太郎が応じる。

「美濃吉、いいな」

「ですけど親分、そんなことをなすっていいんでげすか」

これには牛太郎も心配そうな顔を向けてくる。

「いいんでげすよ」

右近は美濃吉の口調を真似た。

「でも、そんなことをなすっちゃあ、南町の同心としてのお立場がなくなりますよ」

「承知の上だ」

「それはいけませんよ。あっしらでやりますんで、親分は見守っていてください」

牛太郎が言うと美濃吉も賛同してうなずく。

「おれに指をくわえて見ていろというのか」

右近は不機嫌に吐き捨てた。

「そうじゃありませんが」

「おれはここで育った。おまえたちは、いわば身内だと思っている。その身内が危ない目に遭わせられるのだ。それを見過ごしになどしたら家長として失格だ」

「それはそうですが」

牛太郎は抗いがちだが、美濃吉は、

「さすがでげす」

と、扇子をぱたぱたと動かした。

「よし、決まりだ」

右近は大きくうなずく。

「やりましょう」

牛太郎もこれで心を決めたようだ。大きな身体にその決意をみなぎらせ、瞳を爛々と輝かせた。

「となりますと」

美濃吉は腰を上げる。

「西広小路の床見世、小屋を廻って、とにかく何が起きても慌てるなと言ってくるんだ」

右近は言う。

「合点でげす」

「久しぶりに血が騒ぎますね」

牛太郎も目を輝かせた。

「おれだってそうさ」

右近は言って髷に手をやった。

「どうしました」

「どうもこれじゃあな、気分が出ねえ」

すると美濃吉が、

「すぐに髪結いを呼んで来るでげすよ」

「頼むぜ。腕のいいのをな」

「やっぱり親分は鯔背《いなせ》銀杏《いちょう》じゃなきゃ」

「そう思うか」

「そうですよ」

「おれもそうなんだ。この髷じゃなんだか月代《さかやき》がすうすうしてかなわねえぜ」

「それで八丁堀同心なんですからね」

「悪いか」

「いいえ」

「よし」

右近は両の頬を手で打った。

明くる早朝、右近は髷を鯔背銀杏に結い、牛太郎以下手下を引き連れて両国西広小路の往来に座り込んだ。

「負けねえぞ」

「そうだとも」

「北町奉行所何するものか」

という声が上がる。

明けの空は乳白色に染まり、大川を渡ってくる寒風が容赦なく着物の襟から忍び入ってくる。

そこへお由紀が数人の娘たちと共にやって来た。

「みんな、食べて」

皿には大ぶりの握り飯が載っている。湯気が立った白い飯はいやが上にも食欲を誘う。

「美味そうだ」

右近がまず握り飯を取り上げ、むしゃりと食べた。

「美味い、これは何よりの力になる。お由紀、ありがとな」

「右近さま、両国を守ってくださいね」

「ああ、おれたちみんなで守るんだ」

右近の言葉にみんなも応じる。

「お由紀ちゃん、やるでげすよ」

美濃吉も大張りきりだ。

やがて、朝日が顔を覗かせた。右近は立ち上がると東の空に向かって拍手《かしわで》を打った。みなも一斉に同じことをする。

「さあ、迎えるぞ」

右近の大きな声は空気を切り裂き、両国全体を光のように駆け巡った。

やがて、狭山に率いられた北町奉行所の捕方総勢二十人がやって来た。

その足音は地響きを立て無言の威圧となって耳に伝わってくる。

霧が次第に晴れ、右近の眼前に現れた狭山が、

「御用である」

と、十手を頭上にかざした。

狭山は路上に座り込んでいる数十人の男たちに戸惑いの表情を浮かべたが、

「御用を邪魔立て致すか」

狭山は言う。

「なんの御用ですか」

右近は言い返す。

「両国界隈には怪しげな見世、性質《たち》の悪い賭場がある。それを調べ、かつ摘発にまいった」

狭山は言い放つ。

「両国にはそんなものは一切、ない」

そう言った右近の横顔を朝日が照らした。鯔背銀杏に結った髷が神々しい輝きを放った。すると狭山は、

「里見……」

と、呟いてから、合点したように、

「南町の景山。景山右近であるな。里見の弟の」

「いかにも」

右近は立ち上がった。

「どうしてここにおる」

「ここはわたしの故郷だ。故郷が壊されようとしている。そんな時、じっと指をくわえて見ていられるはずがないではないか」

「おまえ、南町の同心であろう。このようなことをして無事にすむと思っているのか」

狭山が傲然《ごうぜん》と言い放つ。

「無事じゃすむまいと思っております」

「それならば」

「ですが、故郷を守ることに何の躊躇《ためら》いもございません」

「申したな、その言葉、後悔することになるぞ」

「武士が、いや、男が口に出したのです。一旦吐いた唾は飲み込みませんよ」

「そこまで申すか、ならば、こちらとて遠慮はせん」

狭山は捕方を振り返った。右近も手下たちを振り返る。

右近らは狭山たちの前に壁のように立ちはだかった。

「かまわん、蹴散らせ」

狭山は言う。

右近は朱鞘の長脇差を鞘ごと抜いた。

「抜くか、その覚悟はあろうな」

狭山の問いかけに、

「そうれ」

右近は下げ緒を引いて長脇差をぐるぐると回転させた。大きく遠心力がつき、長脇差は車輪のように捕方を襲う。

「親分、しっかり！」

いつの間にか、両国で商いをする者たちが応援に駆けつけた。

「御上に逆らうか」

広小路のあちらこちらから狭山の声がかき消されるほどの罵声《ばせい》が捕方に浴びせられた。

両国西広小路は騒然となった。

三

「やっちまえ」

誰からともなくそんな声が上がり、小石が捕方目掛けて飛んでゆく。

「お縄にするぞ」

狭山は大きな声を上げる。

「負けるな」

右近は叱咤する。

やがて、捕方が右近たちの間に雪崩《なだ》れ込んだ。

と、そこへ、

「待て！」

ひときわ大きな声がして駕籠が駆けて来る。

「待つんじゃ」

声の主はまごうかたなき景山柿右衛門である。駕籠は狭山と右近たちの間に止められた。狭山も意外な事の成り行きに啞然としている。

駕籠の垂れが捲り上げられ、

「方々《かたがた》、鎮まるのじゃ」

と、柿右衛門が出て来た。右近は呆然となりながらも、

「親父殿、どうされた」

「決まっておろう。不肖の倅《せがれ》を案じてまいったのだ」

「…………」

右近の返事を待たず、柿右衛門は狭山に向き直り、

「南町の景山でござる」

すると狭山も無視はできず、

「北町の狭山です」

狭山は目で何しに来たのだと聞いている。

「わしは、南の御奉行遠山さまのお使いでまいりました」

柿右衛門の言葉は、狭山はおろか右近にも意外なものだった。

「もう一度申してくだされ」

狭山は問い返した。

「遠山さまのお使いである」

柿右衛門は懐中から一通の書状を取り出した。そして、それを狭山に手渡す。狭山は受け取りさっと目を通した。狭山の目が泳いだと思うと驚きの表情となった。

右近が、

「どうしたんだ」

と、柿右衛門の耳元で囁くと、

「うるさい」

柿右衛門はいかにも鬱陶しそうに言った。狭山が、

「遠山さまが視察、それまでは待てと」

「いかにも」

「それは」

狭山は唇を噛んだ。

「遠山さまはそう依頼なすっておられる。それとも、それに逆らってまでして両国の見世物小屋、床見世などを撤去なさろうというのでござるか」

「いや」

狭山は後じさる。

「よろしいな」

柿右衛門は狭山に歩み寄った。

「わかり申した」

狭山は眉間に皺を刻み捕方を振り返った。そして悔しそうに、

「一旦、引き上げる」

と、告げた。

捕方も戸惑っていたがやがて踵を返した。

「やったあ」

美濃吉が歓声を上げた。

「もういいぞ」

右近は手下たちに告げた。

手下たちも顔を輝かせた。床見世や小屋が一斉に開けられた。

「親父殿、すまん」

「まったく、肝《きも》を冷やしたぞ」

柿右衛門は渋面を作った。

「そう言うな」

「わしを酔い潰しておいて逃げるように出て行くとはな」

「仕方なかったんだ。許せ」

「そうはいくか」

「それより、よく、遠山さまが聞き届けてくださったな」

「しょうがあるまい。内与力の山本さまを訪ねて、両国で騒ぎが起きそうだと話した。山本さまは直ちに遠山さまに事情を話してくださった」

「そうか、そいつはありがたい」

「遠山さまは両国の盛り場は残しておきたいとお考えだ」

「さすがは、遠山さまだ」

「おまえ、本当に感謝しろ」

「わかっているさ」

「この恩、忘れるな」

「親父殿には頭が上がらないよ」

「調子のいいことを言いおって」

柿右衛門は大きな声で笑うと右手を差し出す。

「なんだ」

「駕籠賃だ」

柿右衛門はにんまりとする。

「わかったよ」

右近は巾着から一分金を取り出し渡した。

「さて、一眠りするか」

柿右衛門は大きく伸びをすると駕籠の中に入った。柿右衛門の駕籠が走り去ったところで、

「親分」

お由紀が走り寄って来た。

「おお」

右近はお由紀に笑顔を向ける。

「ありがとう」

お由紀は笑顔を弾けさせる。

「おれになんか礼を言うことはないよ。みんなで追っ払ったんだ」

お由紀も興奮冷めやらぬ様子である。

「これからはおまえたちでしっかりと両国を盛り上げてゆくんだ。ところで、兄貴のことだけど」

急に話題を変えられお由紀はどぎまぎとしていたが、

「里見さまですか」

「そうだ、この前、いさかいを起こしたんだってな」

「だって、里見さまったらひどいんですよ。右近さまの……」

「聞いた」

「ひどいじゃありませんか」

「そう言うな」

「どうしてですよ」

「実を言うとな、おれだって兄貴の振りをすることがあるんだ」

右近は片目を瞑《つむ》って見せた。

「そうなんだ。でも、里見さまは両国のあらを探していたのでしょ」

「兄貴は両国を守ろうとしたんだ」

「ええ……」

「今回のことだって兄貴が報せてくれたんだぞ」

「まあ、そうだったんだ。それなのにあたしったら、ずいぶんと酷いこと言っちゃった」

お由紀は声がしぼんでゆく。

「だからさ、そう怒るなよ」

お由紀はうなずく。

「でも、おれも見たかったよ。兄貴がおれの真似をしているところ。美濃吉はまんまと騙されたっていうじゃないか。さぞや、面白かっただろうぜ」

「あのお堅い里見さまがあんなことをなすったなんて」

お由紀は言ってからしばらくして肩を震わせた。

「どうしたんだ」

突然に涙にくれているのかと心配したがそうではなく、お由紀はがばっと顔を上げたと思ったら声を放って笑い声を上げた。

「なんだ」

「里見さまがあんなことをなさるなんて案外と面白いお方なのかなって思ったら、おかしくなって仕方なくなったのです」

「まったくだな」

右近も笑った。

「なんだか不思議なお方」

「兄貴か」

「どんなお方なんですか」

「一言で言えば、変わり者だな」

「右近さまも変わってますよ」

「おれがか、そうかな」

右近は小首を傾げた。

「変わり者のご兄弟ですね」

お由紀はまたも声を放って笑った。

その笑い声は初冬の空に小鳥のさえずりのように響き渡った。

# 第九章　ふくら雀鳴く

## 一

狭山ら北町奉行所の一行が立ち去った後、両国西広小路に辰次がやって来た。顔を見ればただならない事が起きたことがわかる。

「どうした」

右近が声をかけると同時に、

「大変で……」

返事をした辰次の声は震えていた。

「落ち着け」

声をかけた右近だったが、内心ではとても落ち着いていられない事態が起きたのだと感じた。

「娘が……。お米が連れ去られたのでございます」

「誰にだ」

と、問いかけながらも右近は相手の名前を思い浮かべた。

「村野さまです」

案の定である。

「小里さまの用人のか」

辰次は黙ってうなずく。

「一体、どういうことだ」

「娘を返して欲しかったら、雪舟の掛け軸を贋作せよというのです」

「お米は人質ということだな」

「その通りで」

「許せねえ」

右近は目を血走らせた。

「どうしましょう」

「どうもこうもねえ。おれが掛け合いに行って来るぜ」

右近が行こうとすると、

「あっしも連れて行ってください」

「おまえはいいよ。おれに任せろ」

「そんなことできると思いますか」

右近はしばらく考え込んでいたが、

「よし、一緒に来な」

言うと二人連れ立って走り出した。


右近と辰次は大川の川風も何のその、両国橋を走り抜けると回向院裏の小里の屋敷にやって来た。裏門には回らず、堂々と表門の前に立つ。番士が怪訝《けげん》な顔を向けてきた。

「南町奉行所の景山右近である。御用人村野殿にお取り次ぎ願いたい」

右近は大きな声を放った。番士は紫地に夜叉の絵柄を描いた着物を着、髷を鯔背《いなせ》銀杏《いちょう》に結った右近を、南町奉行所の同心とは信じられないようでぽかんとしている。

「見忘れたか」

右近は初めて訪問した折のことを番士に思い出させようと、顔を突き出した。番士

は気圧《けお》されるようにしていたが、やがて、

「おお、これは失礼しました」

と、潜り戸から屋敷の中に身を入れた。

右近は辰次を背中に庇って凄い形相《ぎょうそう》で立ち尽す。時を経ずして番士が戻って来た。

「村野さまは、外出中でございます」

番士の視線が泳いだのを見ると、嘘を吐いていることは明らかだ。

「ははあ、居留守だな」

「そんなことはございません」

番士は強い調子で否定する。

「まあ、いい」

右近は大きく息を吸い込み、

「村野殿、辰次の娘を返してくだされ！」

「何を申される」

番士はあわてふためいた。

「村野殿！」

もう一度、右近が怒鳴ったところで潜り戸が開き、

「うるさい御仁じゃ」

村野が出て来た。

「やっぱり、居留守ですか」

「今、戻って来た」

村野は苦しい言い訳をしてから、

「御用の向きは」

と、露骨に嫌な顔をした。

「辰次、来るんだ」

右近は辰次を自分の横に立たせた。村野は辰次を見ていぶかしげな顔をした。

「何者じゃ」

「ご存じでしょう」

「いいや」

村野は即座に首を横に振る。

「お題目の辰次でござるよ」

村野の表情が綻《ほころ》んだ。

「そうであったか。いや、これは失礼した。景山殿、辰次を連れて来てくださったのでござるな。でかした。よくぞ、連れて来てくださったものだ」

「惚《とぼ》けるな！」

右近は怒りを爆発させた。

村野はきょとんとしている。それから、

「何を怒っておられる。まあ、中に入られよ」

「中には入らん」

「なんじゃと」

「娘を返せ」

右近の口調はぞんざいになった。ここに至って村野は怒りの表情を浮かべ、

「やくざ者のような形《なり》をしているかと思ったら、物言いもやくざ者か」

「そっちこそ、お得意のお惚けか」

「言いがかりをつけるのも大概にせよ」

「娘をさらって、辰次に贋作をさせようとの魂胆《こんたん》であろう」

「馬鹿なことを申すな」

「なにを」

右近は村野に詰め寄った。胸ぐらを掴まんばかりの勢いだ。

そこへ、

「待ってください」

辰次が割って入った。

「おまえはすっこんでろ」

右近は辰次を睨む。

「いいんです。あっしゃ、贋作をやります」

「そんな必要はない」

怒りの右近に対し、

「よし、頼むぞ」

村野は喜色満面だ。

辰次は屋敷の中に入ろうとしたが、

「おい」

右近は辰次の着物の袖を引っ張った。

「いいんですよ、旦那」

村野が勝ち誇ったように、

「辰次がいいと申しておるのだ。本人が言っているのだから貴殿が留め立てするのは筋違いであろう」

「娘を人質に取られ、心にもなく引き受けようとしているんだぞ」

「だから、娘など知らん」

村野はくるりと背中を向けた。

「この野郎、どこまでも惚けやがって」

興奮した右近を宥《なだ》めるように、

「本当にいいんですよ」

辰次は言い置くと村野について屋敷の中に入った。

「おい」

右近は声をかけたが辰次の返事はなかった。

「どうなってるんだ」

右近は石ころを蹴飛ばした。それから、

「こいつは」

と、辰次の娘がさらわれたというのは嘘のような気になった。

「よし、裏を取るか」

右近は急ぎ足で浅草誓願寺裏にある辰次の家に向かった。

辰次の家の前に立った。

「御免」

声をかけると中から娘の声で返事が返された。やはり、お米はいた。

お米は腰高障子を開けた。

「あら」

夜叉のなりをした右近をお米は驚きの目で見上げた。

「おまえ、ずっと家にいたのか」

「そうですけど」

お米は小首を傾《かし》げた。

「辰次からおまえがさらわれたと聞いたんだがな」

「おとっつぁん、そんなことを言っていたのですか」

「ああ、それで……」

「それでどうしたんです」

「小里さまの屋敷に行ったんだ」

右近は小里の屋敷を訪ねた経緯を語った。お米の顔は心配に歪んだ。

「辰次の奴」

右近は唇を噛んだ。

「おとっつぁんは、なんだってそんな嘘をついたんでしょう」

「きっと、小里の屋敷で贋物作りをしようと腹を決めたんだろう」

「どうしてそんなことを」

「急に銭が入用になったのではないか」

「いいえ、取り立てて、そんなにお金が必要なことはございません」

お米の言葉に嘘はないようだ。

「すると……」

一体、どうした風の吹き回しだろう。

「なんだって景山さまを騙して、小里さまのお屋敷まで一緒に向かったのでしょう」

「辰次は小里さまの用人村野と面識がない。村野に自分が辰次だと信じてもらうため、おれを証人に立てたということだ。そして、万が一のことを考えて、つまり辰次が小里の屋敷から無事に出られるようにな」

「まあ」

「心配するな。辰次が小里の屋敷にいることははっきりしているんだ」

お米はこくりとうなずいた。

二

その頃、両国西広小路には左京が来ていた。お由紀の矢場の前だ。

すると、そこへお由紀が駆け寄る。

「あの、里見さま」

お由紀は遠慮がちに声をかける。左京はうなずくと、

「先だっては悪かったな」

「わたしも言い過ぎました」

「そんなことはない。おまえが怒ったのも無理はない」

左京は頰を緩めた。

「里見さま、笑顔の方がよろしゅうございますわ」

「世辞などよい」

「いいえ、お世辞ではございません。難しそうなお顔をなすっておられるよりよっぽど素敵ですよ」

「…………」

左京はお由紀から視線をそらした。自分でも赤面したことがわかる。

「里見さま、右近さまの真似をなすったのですから、きっと、そうしたお茶目な一面をお持ちなんですね」

「そんなこと、考えたこともない」

左京はお由紀からもそう言われたことに戸惑いを隠せない。しかし、やはり右近とは血が繋がった兄弟だからかもしれない。

「それから、お礼を申しますね」

「なんの礼だ」

左京はお由紀に視線を戻した。

「北町が両国の盛り場を潰すことを右近さまに知らせてくだすったのでしょ」

「さあて、どうかな」

「里見さまは心根の優しいお方なのですね」

「そんなことはない」

左京は眉間に皺を刻んだ。

「これからも、町廻りの途中に寄ってくださいね」

そこへ文蔵がやって来た。お由紀はぺこりと頭を下げると矢場に入って行った。それを左京は名残《なごり》惜しそうに横目で追う。

文蔵もお由紀の背中を見送りながら、

「気立てのいい娘ですね」

左京は横を向いたまま、

「そうか」

と、無関心を装った。

「お由紀とかいいやしたね」

「そうであったかな」

文蔵は左京のそんな態度にくすりとした笑みを洩らした。それを左京は見咎《みとが》め、

「何がおかしいのだ」

「別に」

「今、笑ったではないか」

「笑っちゃいやせんや」

文蔵はかぶりを振った。

「惚《とぼ》けおって」

「ところで、狭山さまの盛り場潰し、うまくいかなかったそうですね。なんでも、遠山さまから待ったがかかったとか」

「そうだ」

「遠山さまは、盛り場の灯を消すことを強く反対なすっておられると聞きやしたが」

「そのようだ」

「北の御奉行鍋島さまとの間で争いが起きやすかね」

「そうはならないようにせねばな」

「それにはどうしやす」

「元木さん殺しの真相を突き止めることだ」

そこへ美濃吉が走って来た。

「ええっと」

美濃吉は左京の顔を慎重に見定めた。この前のことがあるため、美濃吉には珍しく慎重な態度だ。

「里見さまでげすね」

「いかにも」

「本当にそうでげすね」

「そうだと申しておる」

「この前はすっかり騙されましたよ」

「そのことなら、詫びよう」

「ま、そのことはいいでげすが、急いであたしについて来てください」

「どうした」

「頭に言われて来たんでげすが、花輪一座がなにやらおかしいんでげすよ」

文蔵が割り込み、

「どうしたんだ」

「逃げる様子なんでげすよ」

「なんだと」

左京の顔色が変わった。

「行きやすか」

文蔵は左京の了解を求める。

「逃げられねえように頭と手下が見張っているから大丈夫でげすよ」

美濃吉は言ったが、左京も文蔵もそれに耳を貸すことなく走った。

「まったく、兄弟よく似てますよ」

美濃吉はぼやいた。

左京と文蔵は回向院の門前にある花輪瓢助一座の小屋の前にやって来た。牛太郎が手下を従えて小屋を取り巻いていた。

「今、中でごそごそやっていますよ。なんだか、怪しい動きをしていますんでね」

文蔵が左京に、

「なんだって、今頃妙な動きをし始めたんですかね」

それには牛太郎が、

「北町が小屋の撤去をする動きに合わせてだと思います。他の小屋は右近親分の呼びかけでみな撤去しないよう頑張っていたんですがね、花輪一座だけですよ。出て行こうとしたのは、撤去のどさくさに紛れて逃げ出そうって腹でしょ」

「踏み込みやすか」

文蔵は左京に判断を求めた。

「よし、踏み込むぞ」

左京は十手を頭上に掲げた。

牛太郎も大きくうなずく。

「行くぞ」

左京は小屋の菰を捲り上げた。同時に牛太郎が、

「野郎ども」

と、身体と同様大きな声を放った。

左京は小屋に飛び込む。瓢助が、

「盛り場は取り壊しになるって聞いたのです」

瓢助はおろおろとしている。

「盛り場はおれたちみんなが守ったんだ」

牛太郎は誇る風である。

「な、なんだと！」

瓢助の物言いも形相も一変した。座員たちは大八車に多くの荷を積み込んでいた。

左京がそちらに視線を向ける。牛太郎はすかさず手下を動員し大八車を取り巻いた。

「神妙にしろ」

左京は十手を突き出す。

「やっちまえ」

瓢助が座員をけしかけた。

「やってやろうじゃねえか」

牛太郎も応じる。左京も瓢助に向かった。牛太郎の手下が大八車の荷を引きずり落とした。

「ああ!」

文蔵が驚きの声を上げた。

荷からは壺やら書画が出てきた。瓢助は懐中から黒い物を出した。

「近づくな」

瓢助が手にしているのは短筒《たんづつ》だった。

「じたばたするんじゃねえ!」

文蔵がどすの利いた怒声を浴びせる。

「うるせえ、近寄ったらずどんだ」

瓢助は左京の胸に短筒を向けた。左京は落ち着いた口調で、

「撃ってみろ」

「ほう、覚悟したってことかい」

「おまえのような悪党の放つ弾など当たるはずがない」

左京は胸を叩いて見せた。窮地に立ちながらふと、右近ならこうした時どうするだろうと思った。あいつのことだ。今の自分のような態度に出るのではないか。もっと芝居がかった調子で。

「なら、試してみるかい」

瓢助は短筒の引き金に指をかけた。と、その時文蔵が瓢助に向かって突進した。瓢助の目に迷いが生じた。

「たあ！」

左京は十手を瓢助目掛けて投げた。

――ばあん！――

凄まじい轟音が耳をつんざいた。文蔵が倒れた。同時に左京は飛び出し、一瞬のうちに瓢助の眼前に迫っていた。

瓢助はあわてふためき二発目を撃とうとしたが、左京は既に大刀を抜き放ち瓢助の首筋目がけて峰打ちを放っていた。

「うぐう」

瓢助は崩れるようにその場に昏倒した。左京は倒れている文蔵に向かった。

「しっかりしろ」

左京は文蔵を抱き起こし、二、三度揺すった。文蔵は薄目を開けた。

「大丈夫か」

「ああ、こら、面目ねえこって」

文蔵はもぞもぞと身体を動かし、やがてしっかりとした足取りで立ち上がった。

「怪我はないか」

「ござんせん。ただ、短筒の音に驚いちまって」

文蔵は頭を掻いた。

「よし、残らずお縄にしろ」

左京の言葉は牛太郎らによって忠実に実行された。

三

その日の夕刻、右近が奉行所に戻り同心詰所に入ると、いつもなら厳しい視線やら無視を決め込む同僚たちがみな、元気なさそうに縁台に座っている。筆頭同心の種田五郎兵衛と目が合った。

何が起きたのだと目で問いかけると、種田は無言で外に出ろと言ってきた。

「どうしたんですよ」

右近は努めて陽気に聞いた。

種田は浮かない顔で、

「雷小僧勇吉が捕縛された」

「ほう、それはめでたいではありませんか」

「捕縛されたこと自体はめでたい。だがな、捕らえたのは北町だ。北町の里見左京、つまりおまえの兄の手柄だ」

「そうでしたか」

右近は平静を装ったものの、先を越されたかという悔しさに包まれた。

「勇吉一味はな、両国東小路で大道芸をやっていた……」

「花輪瓢助一味ですか」

思わず大きな声を上げてしまった。

「なんだ、おまえ、知っているのか」

種田はきょとんとしている。

「ええ、まあ、多少は」

右近が曖昧に口ごもると、

「なんでも、北町の臨時廻り元木殺しの探索を通じて捕縛し、押収品を追及していくと、被害届の出ていた大名や旗本屋敷の蔵からの盗品が多数出てきたそうだ」

「なるほど」

「里見という男、やはり、辣腕だな。元木殺しは花輪一座の芸人による単純な企てと思われていたのを、粘り強く探索を続けておるうちに思わぬ大成果ということだ。お陰で、元木さんの悪い噂が払拭《ふっしょく》できたと北町では喜んでおる。元木さんは花輪瓢助一座を雷小僧勇吉と睨んで探りを入れておったということだ。今回の里見の手柄、口の悪い連中に言わせると花輪瓢助だけに瓢箪から駒などと言う連中もいたがな」

「なるほどね」

右近は大口を開けて哄笑を放った。種田は顔をしかめ、

「能天気に笑っている場合か」

「そらそうだ」

右近は真顔で応じる。

「おまえの兄貴はさすがは里見だと評判されておるのだぞ。ちっとは兄を見習え」

「申し訳ございません」

右近は一応殊勝な顔をして見せた。すると、種田は一転して右近を励ますように、

「ま、気を落とすな」

と、右近の肩をぽんと叩き詰所に入った。入ってから、

「みな、くよくよするな。今日は気分直しに一杯行くか」

沈滞していた空気が明るくなった。右近もお義理で種田から誘われたが、ふと辰次のことが気になった。

また今度、と言い置いて奉行所を出る。種田も敢えて引き止めようとはしなかった。


右近は浅草誓願寺裏の辰次の家にやって来た。

日が暮れた長屋の路地を歩いて行くと辰次の家が近づくにつれ、

「南無妙法蓮華経、南無妙法蓮華経」

というお題目が聞こえてくる。

「やってるな」

右近はその声を聞くと安心感が湧き上がった。

「御免よ」

右近が声をかけると腰高障子が開けられた。お米が立っている。辰次は右近には目

もくれず、ひたすらに仕事に集中している。

「おとっつぁん、景山さまだよ」

お米が言う。

「調子がいいじゃないか」

右近も声をかける。

ここでようやく辰次は顔を上げ、

「なんだ、景山の旦那か」

「なんだはねえだろうよ」

「こら、失礼しました」

辰次は言ってから一休みだとお米に向く。お米は茶を淹《い》れると外に出て行った。

「これ、飲めよ」

右近は五合徳利を高く掲げて見せたが、

「ご好意だけありがたく頂戴しますよ」

「仕事中は呑まないということか」

「まあ、そういうこってす」

「なら、勧めねえよ」

右近は辰次の前に座った。畳には絵の道具がいくつか並べられ、絵が描かれている。雪が降り積もった金閣寺の情景が見事な筆致で描かれていた。

「ほう、さすがだな」

右近は辰次に欺かれたことも忘れ感心した。

「いいんですかい、十手御用の旦那が贋物作りを誉めたりして」

「硬いこと言うんじゃない」

右近はがははと笑い飛ばす。

「まったく、変な旦那だ」

「誉め言葉と受け取っておくぜ。おれは自分の気持ちに正直なだけだ」

「物は言いようですね」

「で、これ、いつ届けるんだ」

「二十日の朝です」

「二十日、か」

内与力山本勘太夫が言っていた二十日という期限が思い出される。

「二十日の昼に賓客《ひんきゃく》があるそうで、その茶会に必要ということです」

「それに間に合わせるということだな」

「そうなんでさあ」

辰次は生返事をしてから再び仕事に戻った。

「おまえ、どうして、贋作を引き受けることにしたんだ」

「まあ、久しぶりに腕試しをしたくなった、と言いてえが、実際のところは金ですよ」

「いくら貰う約束だ」

「五十両でさあ」

「そら、いい稼ぎだな」

右近はそれで納得ができるわけがない。きっと、これには裏があるに違いない。

「それだけかい」

右近が思わせぶりに声を低めると、

「もちろん、そんなことじゃござんせんよ。京太郎さんです。あっしゃ、京太郎さんの仕返しをしてやりてえ」

「小里さまが京太郎殺しに関わっていると思っているんだな」

「あっしゃ、そう睨んでますぜ。京太郎さんはあっしが渡した雪舟を持って小里さまの屋敷へ行ったに違いねえ。その後ですよ、京太郎さんが殺されたのは」

「おれも臭いと思う。亀屋の近くで見かけられた御高祖頭巾《おこそずきん》の女。その後、行方が掴めていないということだ。が、おれはその女が小里さまの姫菊代さまと思っている。そして菊代さまが京太郎を殺した」

「そこまで見当をつけながら見過ごしになさったってわけですかい」

「そんなことはない。乗り込んで確かめた」

「で、どうなすった」

辰次は責めるような目である。

「白を切られたさ」

「それでお仕舞いですかい」

「そんなことはない……」

右近は唇を噛んだ。

辰次は俯いた。それから、目を伏せたまま、

「あっしゃ、きっちり仕返しをしてやりますぜ」

「どうやって」

「無論、これでさあ」

辰次は贋作を指差した。

「贋作でか」

「あっしができるとしたら、これしかありませんからね」

「どうするんだ」

「へへへ、任せてくだせえ」

辰次はにんまりとした。

「何か仕掛けを施すんだな」

「そういうこって」

「それを小里さまの御屋敷に持参しようというのか」

「そういうこってす」

「危険ではないか」

「そんなことは承知ですよ」

辰次は並々ならぬ決意をその目に滲ませている。

「よし、おれも一口乗った」

右近は勢いよく立ち上がった。

「よろしいんですか、町方のお役人が」

「ああ、かまうもんか。おれだってな、このままで引っ込むつもりはない」

「よく言ってくれやしたね」

「当たり前だ。こけにされっぱなしで引っ込んでいられるかって」

兄への対抗心というものが生じてきた。雷小僧勇吉捕縛は先を越されてしまった。京太郎殺しの下手人は左京もまだ摑んでいない。

「なら、ご一緒、お願いしましょうか」

「任せておけ。おれがなんとしてもお前を守る。そして、小里さまに一泡吹かせる」

右近はがははと笑った。

そこへお米が戻って来た。

「なんだか、楽しそうですね」

「ああ、愉快でならないさ」

「何があったのですか」

「とても楽しいことさ」

右近は高らかに言う。

辰次はそれを無視して贋作に集中していた。

# 四

二十日の早朝、辰次は贋作した雪舟の掛け軸を風呂敷に包んで着物の懐《ふところ》に入れ、小里の屋敷に向かっていた。屋敷に程近い回向院の裏手に至ったところで道を塞《ふさ》がれた。

黒い覆面で顔を隠した侍が五人、辰次の前に並んだ。

「小里の屋敷に持参する物を置いていけ」

真ん中の男が声を放った。

「断りますぜ」

辰次は低いがしっかりとした声音で言い返した。

「命が惜しくはないのか」

「そら、惜しいですがね」

「ならば、意地を張るな。どうせ、贋物なのだろう」

「言ってくれますね。そら、これは真っ赤な贋物でさあ。でもね、これにはあっしの魂を込めたんですよ。あっしごとき者の魂なんざ、大したことねえかもしれませんがね、でもね、あっしの友のためにこさえたんです。友の魂を慰めようと、お題目を唱えましてね」

「ふん、贋作屋風情が抜かしおる。盗人猛々《たけだけ》しいとはおまえのことだな」

侍は刀を抜き放った。

それを合図に他の四人も抜刀する。朝日に煌《きらめ》いた刃は不気味なまでに美しかった。

「念のために申しておくが、この刀は贋物ではないぞ。正真正銘、これぞ、武士の魂だ」

侍は言うと大上段に構えた。

と、そこへ、

「なんだ、なんだ」

と、大きな声がした。声は侍たちの頭上から聞こえる。みな一斉に声の方に顔を向けると、回向院の塀の上に一人の男が立っていた。

右近である。

右近は八丁堀同心の形ではなく、紫地の背中一面に夜叉を描いた小袖を着流し、腰には朱鞘の長脇差を帯びている。

「貴様、何者だ」

「おれは南町奉行所の景山右近、通称夜叉の右近よ」

「町方の役人が何用だ」

「辰次の付き添いで小里さまの屋敷に行く」

右近は塀から飛び降りた。風を受けて小袖の裾《すそ》が捲れ、縮緬《ちりめん》の長襦袢《ながじゅばん》が覗いた。

「あんた、大番組組頭伊能伊周さんだな」

「なんだと」

侍はたじろいだ。

言うや右近は長脇差を抜き、横に一閃《いっせん》させた。侍の黒覆面が真っ二つに切り裂かれ伊能の顔があらわになった。伊能は反射的に顔を押さえた。

「図星だな」

「おおっと、伊能さん、男前の顔を隠しちゃあ勿体ないぜ。菊代さまが寂しがるってもんだ」

「おのれ」

伊能は大刀を振るった。四人も右近に殺到する。

右近は辰次を背中に庇い、長脇差の鞘を左手で持った。

左から来る敵の大刀を鞘で払い、右から斬りつけて来た敵の首筋に長脇差で峰打ちを食らわせた。次いで、真ん中の相手の頬を鞘で殴りつける。地べたを二人の男が芋虫のようにのたくった。

続いて右近は下げ緒で鞘を振り回しながら伊能に近づく。

伊能は大刀を八双に構えて右近に走り寄った。右近は鞘を捨てると長脇差を腰溜めに構えて腰を落とす。

伊能が間近に迫ったところで、

「そうれ」

と、長脇差を下から斜め上に斬り上げた。

「ああ」

伊能は情けない声を出した。

伊能の髷が宙に舞い上がった。

「男ぶりが上がったぜ。あんた、菊代さまに頼まれて、掛け軸の贋作を辰次が御屋敷に持参するのを妨害しようとしたな。一旦は、亀屋京太郎を菊代さまが殺して、絵は処分したと安心していたろうがな」

伊能は座り込んで黙っている。

「掛け軸さえなければ、茶会はぶちこわし。そうなれば、菊代さまは公方さまの御側室にならなくてすむ。そして、あんたと結ばれる。その気持ちはわからねえことはねえが、あまりに自分たちのことしか考えていねえぜ。ま、これから菊代さまの側室話は潰しに行くが、あんたらのためじゃねえからな。あんたらに無惨に殺された京太郎のためだよ」

右近は路上に唾を吐き捨て、辰次を伴い小里の屋敷に向かった。最早、二人の邪魔をする者はいない。

辰次は無事、村野に贋作の掛け軸を手渡した。村野の喜びようは一方《ひとかた》ではなく、礼金をやると言ったが辰次は断った。

「うまくいきましたよ」

辰次はしめしめとほくそ笑む。右近もうれしそうな顔で、

「どんな仕掛けをしたんだ」

「なに、簡単でさあ」

辰次は雪の金閣寺の絵の下に透かし絵を描いたという。

「日光に晒《さら》しますと浮かび上がるんです」

「どんな絵柄だ」

「三つ葉葵《あおい》の御紋ですよ」

「葵の御紋か」

「葵の御紋が金閣寺の横に浮かび上がるって寸法です」

「そら、茶会はひっくり返るだろうな」

右近は大笑いをした。


明くる二十一日の夕暮れ、右近は山本に呼び出された。日本橋長谷川町の料理屋百瀬の奥まった一室である。

まだ、昼下がりとはいえ今日は芸者も料理もない。茶さえ用意していなかった。

山本は不機嫌に、

「辰次の奴、とんだ食わせ者だった」

右近は内心のおかしさを隠し、

「どうしたのです」

「とんでもない贋作を用意しおった」

「どのような贋作ですか」

「それは申せんが、茶会はめちゃくちゃだ。菊代さまの御側室の話は白紙、それどころか小里さまも大番頭の職を辞された」

「それはまた」

右近は顔をしかめた。

「それと、どういうわけか、菊代さまは尼寺に入られるという。それに組頭の伊能さまは病で急死なさったとか」

「ほう、急死」

恐らくは切腹したのだろう。

「菊代さまはどうして尼寺に入られるのですか」

「御側室の話が流れたことがよほどお心を痛めたのだろう」

山本は言葉を濁したが右近は確信した、菊代が京太郎を殺したことを。そのことが発覚し尼寺に入られたに違いない。伊能の切腹がそれを裏付けている。

「一枚の掛け軸がとんだことになったもんじゃ」

山本は呟くように言った。

「で、辰次はどうなりますか、何かお咎めが」

「いや、特にはない」

山本は唇を噛んだ。

「そらそうでしょうね。贋作を作らせたのは御奉行なのですから。贋作の贋作に言いがかりをつけるのもなんでございますよ」

右近は言ってから山本の叱責を受けるかと思ったが、山本はきょとんとした顔で、

「御奉行もそう申された。贋作の贋作に文句は言えぬとな」

「さすがは遠山さまだ。景山右近が誉めていたと伝えてください」

「ふん」

山本は失笑した。

右近は百瀬を出ると上野元黒門町の大黒屋に向かった。もう一つ、どうしても疑問に思っていたことを解決するためである。

それは、雷小僧勇吉についてだった。

花輪瓢助一座こそが雷小僧勇吉と思われたが、北町が押収した盗品は余りに少ないという。そして、瓢助は勇吉の真似をしたに過ぎないと申し立てているというのだ。

雷小僧勇吉。

そもそも、そんな盗人はこの世にいなかったのではないか。

大名、旗本に盗み入った盗賊がいた。それは確かなことだろう。そして、いくらか

の盗品もあったに違いない。だが、ほとんどの盗みは勇吉のせいにされた。勇吉という架空の盗人が拵《こしら》え上げられた。

それを拵え上げたのは大黒屋。

大黒屋は台所事情の苦しい大名や旗本から骨董品を密かに買い上げ、大名、旗本は勇吉に盗まれたことにするか、贋作で取り繕った。

そう考えれば、雷小僧勇吉が一切の痕跡を残さなかったことがすっきりとわかる。

それを確かめようと大黒屋までやって来た。

すると、店の前が騒がしい。すぐに文蔵が店から出て来た。主人甚兵衛と目つきのよくない男、目利きの新吉をお縄にしている。左京も一緒だった。

「兄上、これは」

思わず問いかけると文蔵が、

「大黒屋が雷小僧勇吉なんて盗人を拵えていたんですよ」

やはり、そうだった。

瓢助が口を割り、盗品の一部を大黒屋に買い取ってもらったことから足がついたという。やはり大黒屋甚兵衛という男、利を得るためなら人を騙すなど何とも思っていない奴だった。人を欺きとうとう架空の盗人まで作ってしまったというわけだ。甚兵

衛と新吉は文蔵に連れられて行った。残った左京に、

「この勝負、わたしの負けです。兄上に挑むなど十年早いですな」

左京はさしてうれしそうな顔はせず、

「おまえには借りがある」

「突然に何を申される。借り……。そんなものありましたか」

「幼い頃のことだ。わたしは、父上が大事にしておられた植木鉢を割ってしまった。だが、それを言い出せずにいた。すると、おまえは父上の帰りを待ち、目の前で植木鉢を割った。父上はわたしが割った植木鉢もおまえが割ったものと思われた」

「ああ、それでわたしは父上の植木鉢を……。すっかり忘れておりましたよ」

「昔のことだが、詫びを言わねばならんな」

「もう、とっくに忘れておりました。それより、見事なお手柄ですな」

左京は右近の称賛を受け入れることなく、笑顔は見せない。

「不満ですか」

「いや、そうではないが、すっきりとはせん。亀屋京太郎殺しの下手人、さっぱりわからん」

菊代が殺したことを告げるべきか。

いや、やめておこう。

落着した一件を蒸し返すことになる。

「天網恢恢疎《てんもうかいかいそ》にして洩らさず、今頃、下手人は報いを受けておりますよ」

「そうかな」

左京は生返事をした。

「それにしましても、今回の一件、盗人自体がまがい物であったとは奇妙な一件でしたな」

「盗人自体がまがい物か、それもそうだ」

ここで初めて左京は笑った。

「両国で遊びませんか。兄上が守った両国で」

「わたしではない。おまえや、両国のみなで守ったのだ」

「お由紀、兄上にすまないと言ってましたよ」

左京は黙り込んだ。怒らせてしまったかと思ったが、

「それは聞いた」

左京はにっこり微笑むと、背筋をぴんと伸ばし足早に立ち去った。

吹く風は一層冷たくなった。

町屋の屋根から雀の鳴き声が響き渡る。寒さに負けまいと羽を膨らませている寒雀の姿が江戸に冬の深まりを告げていた。

本書は書下ろし作品です。

|著者| 早見 俊　1961年、岐阜県岐阜市生まれ。法政大学経営学部卒業。会社員を経て、作家活動に入る。著作に、『居眠り同心影御用』（二見時代小説文庫）、『公家さま同心飛鳥業平』（コスミック時代文庫）、『蔵宿師善次郎』（祥伝社文庫）、『ご落胤隠密金五郎』（徳間文庫）、『烏見役京四郎裏御用』（光文社時代小説文庫）、『八丁堀夫婦ごよみ』（ハルキ文庫）、『密命御庭番』（静山社文庫）、『婿同心捕物控え』（学研M文庫）の各シリーズ、『遠山追放　闇御庭番始末帖』（ベスト時代文庫）などがある。

右近《うこん》の鯔背銀杏《いなせいちょう》　双子同心捕物競い《ふたごどうしんとりものきそ》（二）

早見《はやみ》 俊《しゅん》



講談社文庫

定価はカバーに
表示してあります

2011年12月15日第1刷発行

発行者――鈴木　哲

発行所――株式会社　講談社

東京都文京区音羽2-12-21　〒112-8001

電話 出版部（03）5395-3510
販売部（03）5395-5817
業務部（03）5395-3615

デザイン―菊地信義

本文データ制作―講談社デジタル製作部

印刷―――豊国印刷株式会社

製本―――株式会社千曲堂

Printed in Japan



ISBN978-4-06-277129-0

# 講談社文庫刊行の辞

二十一世紀の到来を目睫に望みながら、われわれはいま、人類史上かつて例を見ない巨大な転換期をむかえようとしている。

世界も、日本も、激動の予兆に対する期待とおののきを内に蔵して、未知の時代に歩み入ろうとしている。このときにあたり、創業の人野間清治の「ナショナル・エデュケイター」への志を現代に甦らせようと意図して、われわれはここに古今の文芸作品はいうまでもなく、ひろく人文・社会・自然の諸科学から東西の名著を網羅する、新しい綜合文庫の発刊を決意した。

激動の転換期はまた断絶の時代である。われわれは戦後二十五年間の出版文化のありかたへの深い反省をこめて、この断絶の時代にあえて人間的な持続を求めようとする。いたずらに浮薄な商業主義のあだ花を追い求めることなく、長期にわたって良書に生命をあたえようとつとめるところにしか、今後の出版文化の真の繁栄はあり得ないと信じるからである。

同時にわれわれはこの綜合文庫の刊行を通じて、人文・社会・自然の諸科学が、結局人間の学にほかならないことを立証しようと願っている。かつて知識とは、「汝自身を知る」ことにつきていた。現代社会の瑣末な情報の氾濫のなかから、力強い知識の源泉を掘り起し、技術文明のただなかに、生きた人間の姿を復活させること。それこそわれわれの切なる希求である。

われわれは権威に盲従せず、俗流に媚びることなく、渾然一体となって日本の「草の根」をかたちづくる若く新しい世代の人々に、心をこめてこの新しい綜合文庫をおくり届けたい。それは知識の泉であるとともに感受性のふるさとであり、もっとも有機的に組織され、社会に開かれた万人のための大学をめざしている。大方の支援と協力を衷心より切望してやまない。

一九七一年七月

野間省一